妖魔と下僕の契約条件 1

椹野道流

角川文庫
22639

目次

プロローグ

京都府京都市左京《さきょう》区某所。

使い込まれた重いショベルで土を掘る手を休め、青年は首から掛けたタオルで、額からとめどなく流れ落ちてくる汗を拭《ぬぐ》った。

まだ六月半ばだというのに、昨日からいきなり、真夏並みの猛暑日になった。

昨日テレビのニュース番組に出ていた気象予報士の予想によると、この暑さは八月末まで絶え間なく続くらしい。

(なんでこんなときに、俺は外仕事をせなあかんねん。くそ、気象予報士なんぞ、涼しい部屋から他人事《ひとごと》やと思うて暑い暑い言いよってから。何様やねん)

何の罪もない気象予報士を理不尽に罵《ののし》りつつ、青年は頭上から容赦なく照りつける太陽を恨めしそうに一睨《にら》みしてから、周囲をぐるりと見回した。

青年が今いるのは、住宅の新築工事現場である。

昔からあるお屋敷を取り壊し、広大な敷地を細かく分割して建売住宅にするという、バブルが弾《はじ》けて以来、あまりにもありがちなケースだ。

と言っても、青年の仕事は「家を建てること」ではない。

青年が従事しているのは、「外構工事」である。

外構とは、大雑把にいえば住宅敷地内の、建物の外にある構造物のことだ。

たとえば門扉、塀や柵《さく》や垣根、車庫、門から玄関までのアプローチ、物置、そして庭などがそれにあたる。

この春、彼が就職した大阪府内の会社は、そうした外構全般を手広く扱っている。

青年は経理に携わるべく採用されたのだが、人手が足りないからと、研修の名目で現場に駆り出される日々が続いている。

(ホンマやったら、今頃は涼しいオフィスで働いとったはずやのに)

青年は少し離れた場所にいる同僚たちに視線を向けた。

皆、フェンスの基礎工事とアプローチのコンクリート打ちの準備に大わらわで、ぽつんと離れた場所にいる青年のことなどすっかり忘れてしまっているようだ。

そもそも何故、彼だけが別の場所で作業をしているかというと、これがいささか怪しげな話なのである。

実はお屋敷時代、庭の一角に小さな社があり、建物を取り壊すときに共に撤去された。

今、青年がやっているのは、社があった場所に敷き詰められていた石の掘り起こし作業である。

　本格的な造園工事に取りかかる前に、邪魔になる社の名残を完璧《かんぺき》に取り除かなければならないのだが、やはり長年大切にされてきた社があった場所を、重機で無造作に掘り起こすというのは、たとえ外構業者でも気が引ける。

　結局、ろくな技術もないのに現場に送り込まれた青年が、つるはしとショベルを渡され、皆が嫌がる作業を押しつけられたというわけだ。

石は二十個ほどもあるだろうか。それぞれは大きくないが、しっかりと埋められている上、土が硬くて掘り起こすのに酷《ひど》く骨が折れる。

「まるで氷山やな。てっぺんだけが地面に出とる、みたいな。て、上手《うま》いこと、たとえとる場合か」

　きっちり自分にツッコミを入れて独り言を締め括《くく》り、青年は再び石との格闘を始めた。

　彼の独り言のとおり、どの石もパッと見はタイルのように薄く見えるのだが、その実、地中に埋め込まれた部分が驚くほど深く、ガッチリと土に食い込んでいる。

　氷山というより、永久歯にたとえたほうが適切かもしれないほどだ。

（やっぱし、お社を絶対倒さんように、昔の人も基礎に命をかけたんやろかな）

そう考えると少しは評価できる気がするが、それにしても、午前いっぱいかかって八つしか掘り出せていないという事実がいささかつらい。さっきも現場チーフがやってきて、「まだそんだけかいな」と苦笑いしていった。

（そんなん言うんやったら、手《て》伝《つど》うてくれたらええねん！）

相手に直接ぶつけることができない憤りをパワーに変えて、カチカチに詰まった土にショベルの尖《とが》った先端を勢いよく潜り込ませる……と。

「お兄ちゃん、ひとりでそんなんやらされて、えらい災難やな。その仕事が無事に終わったら、どっかお祓《はら》いに行きや」

背後、しかも驚くほど近くからそんなだみ声が聞こえて、青年は土に刺さったままのショベルから手を離し、振り返った。

そこにニヤニヤして立っている小柄な男性には、見覚えがある。一昨日《おととい》から現場入りした内装業者のひとりだ。

話すのは初めてだが、丸めた壁紙や脚立、大きなハケや定規が入ったバケツを持って行ったり来たりしているので、おそらくクロス職人なのだろう。

「お祓いて」

物騒すぎる初対面の挨拶《あいさつ》に青年が驚いていると、初老のクロス職人は、底意地の悪い笑みを浮かべ、くわえ煙草でこう言った。

「なんや、知らんのんか。あんたが掘り返しとる石の上に建っとったお社な、何百年もここで大切にされとったいわくつきの奴やったらしいで」

職人の言うことが呑《の》み込めず、青年は吹きかけられる煙草の煙を片手で払いながら応じた。

「いわくつき？　そやけどお社を取り壊すとき、神主さんがちゃんとお祓いしたて聞きましたけど」

「そないなもん、気休めや」

「気休めて。ここ、そない怖い神さんが祀《まつ》られとったんですか？」

つい真顔になった青年の疑問に、職人は声を低めた。真っ昼間だというのに怪談でもしているような口調で、彼は告げた。

「俺も現場監督に聞いた話やけどな、お社の中は長らく空っぽやったそうや」

青年は、なんだというように、ショベルの持ち手を軽く叩《たた》いた。

「ほな、誰もおらん空き家のお社やないですか。怖いも何も」

「話はここからや。ここいらはな、平安時代はなーんもない野っ原やったんや。そこに、ぽつーんとこのお社だけがあったらしいわ。古い絵巻にわざわざ描かれとるんやて」

「そんなに古いもんやったんですか！」

「そや。まあ、勿論《もちろん》何度も建て直されたやろけどな。で、その絵巻には、ここにあった小さいお社に『櫛社《くしやしろ》』て添え書きされとったんやて」

「くし？」

「ほれ、髪の毛を梳《と》かす、あれや」

「ああ！　って、櫛のお社ってことは」

「もともとは、櫛がご神体やったん違《ちゃ》うか。きっと木ぃでできたもんやったやろから、早晩朽ちてのうなってしもたんやろなあ。な、怖いやろ」

「いや、櫛とかただの道具やし、むしろ怖ぁないでしょ」

苦笑いする青年に、職人は短く刈り込んだ自分のごま塩頭に両手を当て、真っ直ぐな長い髪を表現してみせた。

「櫛やで？　昔の女が、長～い髪を梳かすんに使《つこ》うたもんや。女のどえらい情念、いや怨念《おんねん》がこもったもんやなかったら、お社に祀ったりせんやろ。おお怖」

「じゃあ、祀られてたのは櫛っていうか、持ち主の女の人？」

「そういうことやろ。お屋敷の主《あるじ》は代々お社を大事にしてはったらしいけど、先代が亡くなって跡を継いだんが東京もんの娘婿らしいわ。そら、お屋敷もお社もどうでもええわな。あっちゅう間に一切合切取り壊して、金に換えたっちゅう寸法や」

「……はあ」

「誰が祀られとんのかわからんけど、そない粗末に扱われたら、お社の神さんが腹立てて当然や。祟《たた》りを恐れてここいらの外構業者は誰も手ぇ挙げんで、何も知らん大阪のあんたらんとこが、ここの仕事を請けたっちゅうわけや。貧乏くじ引いたな、兄ちゃん。ほんま気ぃつけや」

早《はよ》うお祓いに行きや、と念を押し、クロス職人は煙突のように煙草をふかしながら去っていった。

職人の話しぶりには、青年を怖がらせようとする意図が透けて見えたが、すべてが嘘ではないようにも思われる。ゾッと背筋が寒くなって、青年は小さく身震いした。

（櫛社、て。ホンマに、ここには恨みを残して死んだ女の人が祀られてたんやろか。お社を壊されたこと、やっぱし怒ってるんやろか。いやいや！）

青年は、心にじんわり湧き上がってきた恐怖を、首を激しく振ることで追い払った。

（そもそも恨むとしても、俺やのうて、その娘婿とかいう奴やろ。俺は赤の他人で、上司の命令で仕事しとるだけや。関係ないない！）

それでもこの忌々《いまいま》しい仕事を一刻も早く終わらせたい気持ちが募り、青年は改めてショベルに手を掛け、片足を載せて体重をぐっと掛けた。

（あ、行けそうや）

いちばん中央に置かれた、ひときわ大きく、いっそう土中深く延びている石の先端にようやくショベルが到達したらしい。

土に刺したままのショベルを揺さぶると、大きな石が、ぐらり、と動いた。

「よっしゃあ！」

思わず大きな声を出し、てこの原理を使って全体重をショベルの持ち手付近に掛けると、石はゆっくりと……それこそ本当に歯が抜けるときのように地面から離れ、持ち上がってきた。

「よーし、最大の峠を越したで」

そんな言葉で自分を励ましつつ、青年はいったんショベルを置き、もうフリーになった石を両手で摑《つか》んで持ち上げた。

それを他の石を積み上げてできた小山のてっぺんに誇らしく据え、さて、次の石をと思ったそのとき、青年はさっきの石を取り除いてできた穴の中に、何かがあることに気がついた。

「ん？」

驚いて地面に両膝《りょうひざ》をつき、軍手をはめた両手で土を払いのけてみると、どうやらそれは、淡いサーモンピンク色の、ややザラザラした表面を持つ物体のようだ。

「何やろ、これ」

好奇心に突き動かされ、青年は土を指先でほじくるようにして掘り進め、やがて手のひらに載るほど小さな、素焼きの壺《つぼ》を発掘した。

ちょうど、海苔《のり》の佃煮《つくだに》を入れる瓶くらいのサイズだ。

じっとり湿っているし、何だかヌメヌメしていてよくわからないが、動物の革のようなものでしっかり蓋《ふた》をしてある。

「軽いな。……うわ、なんやこれ！」

手のひらに壺を載せ、土を払いながらしげしげと眺めていた青年は、驚きの声を上げた。

壺の側面には、何やら墨とおぼしき黒々とした筆跡で、奇妙な文字やら模様やらが一面に描かれていたのである。

それは、よく古風なジャパニーズホラー映画で見かける、いわゆる「お札」に書かれている模様とよく似ている。

「気色悪ッ」

それに気付くなり、青年は総毛立った。

（これ、滅茶苦茶《めちゃくちゃ》ヤバいやつ違うんか）

あやうく壺を取り落としそうになって慌てて両手でいやいや包むように保持すると、現場チーフのもとへ駆けていく。

しかし、顔面蒼白《そうはく》になった青年から壺を見せられたチーフは、いかにも不愉快そうに太い眉《まゆ》をギュッとひそめた。さほど体格がいいわけではないが、ギョロリとした目には迫力がある。

「それが何やっちゅうねん」

低い声で咎《とが》められ、青年は身震いしながら、両手で壺を包み、上司に差し出した。

「そやから、石の下から出てきたんです。お社の下に埋められとったもんやし、なんやけったいな模様描いてあるし、ヤバいやつ違うかと思うて」

チーフは大袈裟《おおげさ》に溜《た》め息をつき、地面に唾《つば》を吐いた。

「あんなあ、俺はお前に石を掘れ言うたんや。壺掘れとは言うとらんで」

「いや、俺もそんなつもりはなかったですけど、出てきてしもたんです。あの、たぶん古いもんやろし、どっか……確かテレビで、教育委員会とかに届けなあかんて言うとったような気ぃするんですけど」

「そないなこと、しとる場合か！　ドアホ！」

上司に頭ごなしに怒鳴りつけられ、青年はヒュッと身を竦《すく》ませる。チーフは、軍手の指で空を指した。

「ずっと雨続きやったせいで、ただでさえ工期が遅れとんのや。引き渡しの日ぃは、ビタイチずらされへんのやで？」

「それはわかってますけど」

「そやったら、その壺、どないしたらええかはわかるやろ。役所に届けて、万が一、時代もんやってわかってみぃ。工事止められてえらいことになんねんぞ」

「そ、それは、そうかもですけど。ほな、どうしたらええんですか？」

「どうしたらて、決まっとるやろ」

そう言うなり、現場チーフは何の躊躇《ちゅうちょ》も前触れもなく、青年の右手首を上から強く叩《たた》いた。

「あっ！」

不意を突かれた青年はよろめき、その手から、小さな軽い壺はなすすべもなく地面に落ちた。

「ああああ！」

青年の目には、まるでスローモーションのようにゆっくりと、壺が木っ端微塵《みじん》に砕け散るさまが映る。

チーフは、満足げに言った。

「なかったことにしたらええねん。そないな壺ひとつに構うより、工期守るほうが大事やろが」

「そんな」

彼は慌ててその場にしゃがみ込み、破片を拾おうとしたが、それより早く、チーフがごつい作業靴で破片を踏みつけ、さらに破壊してしまう。

「なんぼなんでも乱暴な……」

しゃがんだまま呆然《ぼうぜん》と上司の顔を見上げる青年に、チーフは吐き捨てるように言った。

「見てみい。中に何も入ってへんやないか。こないなもん、ガラクタや、ゴミや。ええから早う仕事に戻れ。今日じゅうに全部の石をどけられへんかったら、お前だけここに置いて引き上げるからな！　次に要らんもん掘り起こしたら、クビやぞ」

そんな無情な叱責《しっせき》を残し、チーフは青年にクルリと背を向けて大股《おおまた》に立ち去る。

「ああ……せっかく、長いこと無事でおった壺やったやろに」

中に何も入っていないと知ると、さっきまでの恐怖は消え、どこか気の毒な気持ちが胸に湧いてくる。

せめて少しでも復元できるピースはないかと足元を見下ろしたが、チーフの重い靴は、脆《もろ》い壺を完膚なきまでに粉々にしてしまっていた。

「なんか、ゴメンやで。恨まんといてや」

壺に謝っているのか、櫛社の御祭神に謝っているのか、本人にもよくわからなかったが、青年は手を合わせて頭を下げると、諦《あきら》めて立ち上がった。

もうこの壺にしてやれることは何もない。となれば、チーフにまたどやされる前に、自分の仕事に戻ったほうがいい。

　青年がどうにか気持ちを切り替えて歩き出した、そのとき。

『ようやった。褒美に、お前は喰《く》わずにおいてやろう』

　突然、一陣の風が吹き抜けたと思った瞬間、ハッキリした男の声が耳元で聞こえた気がして、青年は「えっ？」と足を止め、辺りをキョロキョロ見回した。

「誰もいてへんよな。えっ、さっきの……幻聴？　いやいや、ビビりすぎやろ、俺」

　しっかりせえよと自分の頰を軽く叩いて、青年は今度こそ持ち場に戻っていく。

　背後で突然起こったつむじ風が、壺の破片を巻き込んで空高く連れ去ったことなど、青年はついに知ることがなかった……。

一章　ありふれた最悪

三月某日、午後二時。

K大学農学部の広々としたキャンパスの一角には、たくさんの人が集まっていた。年齢も服装もまちまちだが、皆、一様に期待と不安が入り交じった表情で、目の前の建物の閉ざされたガラス扉を見つめている。

今年、二十歳になる足達《あだち》正路《まさみち》もまた、その中のひとりだった。

（今年こそ。神様、お願いです。どうか今年こそ。……どの神様かは、よくわからないけど）

そんな曖昧《あいまい》な祈りを、今朝起きてから何度繰り返したことだろう。

今さら祈っても遅いとわかっていても、そうせずにはいられなかった。

さっきから酷《ひど》く喉《のど》がひりついて、咳《せき》ばかり出る。正路は右肩に引っかけていた薄いリュックサックから、ペットボトルのお茶を取り出し、グビリと一口飲んだ。

つい気が逸《はや》り、予定の時刻より一時間近く前に来てしまったせいで、身体がだいぶ冷えてきた。突っ立っているだけなので、無理もない。特に、足首の辺りがヒヤヒヤして、関節が強張《こわば》る感じがする。

（そろそろ予定時刻だけど、まだかな。早く確かめたいような、もっと遅くてもいいような。ああ、こんなに寒いとわかってたら、使い捨てカイロでも持ってきたのに）

正路がかじかみ始めた手を擦《こす》り合わせていると、人々の間からざわめきが起こった。建物から、この場に居合わせる皆が待ちわびていた、スーツ姿の三人の大学職員が姿を現したのだ。

先頭を歩くもっとも年かさに見えるひとりは拡声器を片手に持ち、あとの二人は丸めた模造紙の束をそれぞれ一つずつ抱えている。

人々の熱い視線を浴びつつ、年配の職員は、まだ何も貼り付けられていない木製の簡素な掲示板の横に立ち、口元にスッと拡声器を当てた。

『ただいまより、K大学農学部の入学試験合格者の受験番号を掲示致します！』

スピーカーから流れるひび割れた声に、人々はいっせいに掲示板の前へと殺到した。

そう、彼らは皆、受験結果を見るために集まっていたのである。

今どきは、合格発表などオンラインで確認できるのだが、やはりそこは現地で、自分の目で確かめ、実感したいというのが人間の心理というものなのかもしれない。

正路も、凍えて少し痺《しび》れたような足の裏に閉口しつつ、人の流れに乗って移動する。

　二人の職員は、恭しいといっていいほど厳粛かつ慎重に、大きな掲示板に広げた模造紙を一枚、また一枚と貼り付けていく。白い模造紙には何の装飾もなく、ただ五桁《けた》の受験番号が隅から隅まで整然と印字されている。

　掲示板前で押し合いへし合いしながら自分の受験番号を探す人々の中からは、次々と歓声や落胆の声が上がり始めた。

　共に合格して友人たちと抱き合い、飛び上がって喜ぶ者、自分は合格した嬉《うれ》しさを押し殺し、不合格だった友人を慰める者、早くも在校生たちに捉《つか》まって、サークル活動に勧誘される者、ひとりで結果を確認し、静かにその場を立ち去る者……。

　そんな明暗を分ける中、正路もまた、掲示板に忙しく視線を走らせていた。

（あ、僕の受験番号のあたりは、あそこの紙だな）

　移動を妨げる人々を遠慮がちに掻《か》き分け、さっき張り出されたばかりの模造紙の前に移動して、自分の受験番号を探す。それだけのことが、小柄でやせっぽちな彼には、なかなか難しい。

（神様、どうか。どうか今年こそは合格させてください）

　一歩進むごとに、彼は心の中で呪文《じゅもん》のように繰り返す。

　しかし、縋《すが》るような正路の願いは、あっけなく打ち砕かれた。

　去年とまったく同じように、彼の前後の受験番号は見つかるのに、彼のものだけが抜けている。

不合格。

頭のてっぺんから足のつま先まで、その一言が、まるで長い槍《やり》のようにざっくりと貫いていく。

（まただ。また……ダメだった。両隣の人は合格したのに、僕だけ）

全身から力が抜け、その場にしゃがみ込んでしまいそうになるのに、人混みはそれすら許さない。

まるで海を漂うポリ袋さながらにあちらへ流され、こちらへ流されて、ようやく掲示板の前から離れられたときには、正路は心身共にボロボロになっていた。

（やってしまった。二度も失敗してしまった）

半ば魂の抜け殻状態で、彼はヨロヨロと花壇に近づき、コンクリート製の頑丈そうな縁にポスンと腰を下ろした。

さっきまでは外の寒さに震えていたが、今はみぞおちに氷の塊を突っ込まれたように、むしろ身体の芯《しん》が冷えきっている。全身の血液が凍り付いた感覚だ。

（この一年、いったい何だったんだろう）

昨年、同じ大学の受験に失敗した正路は、実家がある秋田県を出て、大学のある神奈川県にひとり移り住んだ。

お小遣いやお年玉を積み立てたささやかな貯金とアルバイトの収入でどうにか家賃を払い、予備校に通う余裕はないので、動画サイトに提供される無料の学習ビデオを頼りに、勉強に励んだ孤独な一年だった。

一度も実家には帰らず、年明けには郷里の同級生たちが同窓会で盛り上がっている写真をSNSで羨《うらや》ましく眺めながら、それでも古ぼけた木造アパートの一室で、小さなこたつに潜り込んで勉強に打ち込んできたのだ。

それなのに。

（今年こそは、いけると思ったのに。手《て》応《ごた》えはあったのに）

最初のショックが僅《わず》かにおさまって、気絶していた心がゆっくりと動き始める。

（どうしよう。僕は、どうしたらいいんだろう）

そんな悲痛な思いに応えるように、彼のコートのポケットの中で、スマートホンが振動した。

慌てて引っ張り出してみると、液晶画面に表示されているのは、郷里の母親の名前だった。

途端にこみ上げる嵐のような感情をひとまずぐっとこらえて、正路は通話アイコンを押し、体温で温まったスマートホンを冷えきった耳に押し当てた。

「もしもし？」

『もしもし、正路？　元気にしてる？　今日、発表って言ってたでしょ。朝からみんな、ずっと気にしてるんだけど』

　普段はＬＩＮＥやメールでやり取りする母親が珍しく電話してきたからには、よほど正路からの報告が待ちきれなかったに違いない。

　正路は申し訳ない気持ちでいっぱいになったが、ここで嘘をついてもどうしようもない。叫び出したい気持ちを深呼吸でぐっと押さえつけ、彼はできるだけ平静な声で告げた。

「ごめんね、お母さん。今年も駄目だった……」

　その日の夜。

　重い足取りでアルバイト先へ向かった正路を待っていたのは、思いもよらない出来事だった。

　彼がここ一年近く働いているのは、自宅アパートの最寄り駅から二駅離れた場所にある、全国チェーンの居酒屋である。

　週に五日、開店前の準備から閉店後の片付けまでさまざまな作業をこなし、それでどうにか生活費を確保してきた。

　仕事自体はなかなか大変だが、時給は悪くないし、仕事の合間にボリュームのあるまかないも出るので、浪人生にとってはありがたい職場である。

二度目の大学受験に失敗したショックは大きかったが、何もしていないと苦しさや悲しみ、迷いといった諸々《もろもろ》の感情が押し寄せてたまらなくなるので、今日ばかりはむしろ店が忙しいのがありがたい。

重い現実からひとまず気を逸《そ》らしたくて、正路はいつも以上に仕事に打ち込んだ。

そして、最後の客を見送り、後片付けに入った午後十一時過ぎ。

「おーい、足達君。ちょっと」

売り上げのチェックを終えた店長が、フロアの掃除中だった正路を一声呼んで、返事も聞かずに奥へ引っ込んだ。

正路を採用してくれた年配の先代店長は、折に触れて気さくに話しかけてくれるタイプだったが、先月新しく配属された現店長とは、開店前のミーティングで訓話や指示を聞くだけで、一度も個人的な会話をしたことがない。

(何だろう。もしかして、お客様からクレームが入ったとかかな)

やや緊張しながら、正路がバックヤードにある事務所に顔を出すと、いちばん奥まった場所にある机で、制服の上からジャンパーを羽織った店長が、難しい顔をしてパソコンに向かっていた。

正路の姿に気付くと、店長は無言のまま、指先をくいくいと動かして、近くに来いと指示してきた。

ずいぶんと横柄な態度だが、アルバイト店員の正路には、店長相手にそれしきのことで腹を立てる権利はない。

正路がおずおずと近づいていくと、店長はニコリともせず、「すぐ済む話だから、立ったままでいいよな？」と言った。

質問の体を取ってはいるが、実際は「立っていろ」という命令だ。正路は黙って頷《うなず》き、店長の机の脇に立った。

「あの、どんなご用でしょうか」

「ん、これまでお疲れさんって」

サラリと告げられた「用事」の意味をすぐには理解しかねて、正路は「はあ」と曖《あい》昧《まい》な受け答えをする。

すると店長は、軽く苛《いら》ついた様子でこう付け加えた。

「つまり、ここでの仕事、そろそろ卒業したいんじゃねえかなって言ってんだよ」

「ええっ？」

そこでようやく、自分が解雇されようとしていることに気付いて、正路は思わず一歩机に歩み寄った。

「待ってください。僕、何か間違ったことをしてしまったんですか？」

すると店長は、大袈裟《おおげさ》に溜《た》め息をつき、どっかと椅子にもたれた。

「間違ったことってわけじゃないかもだけど、なあ」

「じゃあ、どうして」

「どうしてって、知ってるだろ。前の店長がクビになって、俺が来た理由」

投げやりに問われて、正路は、突然いなくなった先代店長の人のよさそうな笑顔を思い出しながら、躊躇《ためら》いがちに答えた。

「その、噂では、店の業績が思わしくなかったから、とか」

「それよ。知ってんじゃん」

店長はパチリと指を鳴らして声のトーンを上げた。

「この店は駅前で、立地は抜群だ。なのに、競合店が多すぎて売り上げが今イチなんだよ。俺ぁ、お前らと違って、本部からここを立て直せって命令を受けて派遣されてきてんだ」

どう返事をしていいかわからず、正路は頷くことで相づちに代える。

「とっとと結果を出して、一日でも早く本部に呼び戻してもらいたいわけよ。でないと勝ち組になれねえの。上に行けねえの。わかる？」

「……は、はい」

反応の鈍い正路に小さく舌打ちして、店長はプリンターから出てきたばかりの紙を、正路の前にバシンと置いた。

「これ、こないだやったお客様アンケートの結果な。見てみ？」

正路はおずおずと手を伸ばし、その紙を取った。そこに印刷されていたのは、居酒屋の客から寄せられたコメントの数々だった。

『ホールの女の子たちが、凄《すご》く元気で可愛くていい』

『ひとりマジメだけどもたつく店員がいる』

『最近、料理の盛り付けが綺麗《きれい》になった』

『分煙をもうちょっとしっかりしてほしい』

『声が小さくてよく聞こえない男の店員何とかしてください』

『チェーン店でも店によって味が違う。ここはけっこういけてる』

『なんかちょっと陰気でノリが悪い店員ひとりいる』

（これ、は）

正路の顔から面白いようにするすると血の気が引いていく。

「マジメだけどもたつく、声が小さい、ちょっと陰気でノリが悪い」

店長は正路から紙を引ったくると、客のコメントから抜粋したフレーズを無闇に大きな声で読み上げた。

「なあ、足達君よ。お前以外の従業員に『誰のことだと思う？』って訊《たず》ねてみたら、全員お前のことだってよ。自分でもわかるだろ？」

ツケツケと問われ、正路は言葉を発することができず、項垂《うなだ》れた。

わかっている。

昔から、彼は内向的な子供だった。

一人っ子で、幼い頃はとても身体が弱かったので、両親は心配して、正路をあまり外へ遊びに出さなかった。

同年代の子供と触れ合う機会がなかったせいで、幼稚園に入る頃には、人見知りで引っ込み思案、主張することが苦手で、他人と心の距離を縮める方法がわからないという、今の正路の雛形《ひながた》が完璧《かんぺき》に出来上がっていた。

学校では常にクラスメートのからかいや嘲《あざけ》りの対象ではあったが、酷《ひど》い苛《いじ》めを受けなかったのは、あまりにも正路の反応が薄くてつまらなかったからかもしれない。

そんな彼の高校時代のあだ名は、三年間ずっと「空気」だった。

友達もケンカ相手もおらず、部活にも入らず、これといった特技もなく、成績は中くらい、ルックスもほどほど。

まさに「毒にも薬にもならない」を絵に描いたような正路少年には、それ以外につけるべきあだ名などなかったのだろう。

実家を離れて一人暮らしを始めたとき、この居酒屋をアルバイト先に決めたのは、待遇だけでなく、そんな自分を変えたいという気持ちがあったからだ。

　だからこそ、アルバイト仲間に誘われれば勇気を振り絞って皆でテーマパークに行ったり、飲み会に参加したりしたが、そこでもやはり何一つ気の利いたことが言えず、他のメンバーのようにパーッと自分を解放して楽しむこともできない彼は、完全に仲間から浮いていた。

　いつしかそういう誘いも途絶え、気付けば、従業員のＬＩＮＥグループからも外されていた。

　仕事中も、酔った客のハイテンションにどうしても馴染《なじ》むことができず、他の従業員たちのような軽妙な会話もできなかった彼は、やはり「浮いて」いたのだろう。

　それでも、一生懸命、誠実に対応していれば、真心だけは伝わるはずだ。そう信じていた正路にとって、客からの辛辣《しんらつ》なコメントは衝撃だった。

（お客さんから、こんな風に思われてたなんて）

「なあ。わかってんだろ？　これ、全部お前のことだよな？　違うんなら言ってみな。誰のことだ？」

　ネズミをいたぶる猫のような意地の悪い笑みを浮かべ、店長は俯《うつむ》く正路の顔を下から覗《のぞ》き込んでくる。

「……です」

「聞こえねえよ！」

蚊の鳴くような声で答えるなり大声で叱責《しっせき》され、正路は全身を硬直させる。店長は、手のひらで机の天板をバシンと叩《たた》いた。

「ああ？　葬式帰りみたいな顔しやがって。そんなだから、『声が小さい』だの『陰気』だの言われんだよ。なあ？　誰のことだ、ここに書かれてんのは⁉」

重ねて問われ、正路は泣きそうな気持ちで精いっぱいの声を絞り出した。

「ぼく……僕、です」

「声が小さいっつってんだろうが！」

「僕ですっ！」

もはや悲鳴に近い返事をして、正路は唇を引き結んだ。緊張と恐怖で全身が小刻みに震え始め、一秒でも気を抜けば、涙が零《こぼ》れてしまいそうだった。

そんな正路を、店長は軽蔑《けいべつ》の眼差《まなざ》しで見やった。

「これしきのことで半泣きになってんじゃねえよ。泣きたいのはこっちだっつの。お前はまあマジメだよ。それは認める。けど結果として、この店の明るくて楽しい雰囲気を、お前が損なってんの。お前が、俺たちみんなの足を引っ張ってんの。それ、よくないでしょうよ。なあ？　売り上げにも響くよなあ？」

「……はい」

「だったら、お前に辞めてもらって、可愛くて元気な女の子をひとり増やしたほうがずっと店のためにもなるし、お客様のためにもなる。そう思わねえか？」

「おもい、ます」

震える声で認めて、正路はようやく少し顔を上げ、店長の顰《しか》めっ面を見た。

「じゃあ僕は、クビ、ですか」

「は？　まさかだろ。そんなこと言ってない」

「えっ？」

店長の思わぬ言葉に、正路の子犬を思わせるつぶらな目に、わずかな期待の光が宿る。

しかし店長は、常識を語る口調でこう言った。

「こっちから解雇するには、もっともらしい理由が必要とか、一ヶ月前に予告とか、そういう厄介なルールがあるわけよ。まあ勿論《もちろん》、足達君がどうしても解雇されたいっつうんならそれでもいいけどよ。君、これから一ヶ月、平気な顔で働き続けられる？　堂々と俺たちの足を引っ張り続けたいわけ？」

「あ……」

「や、いいんだよ。それは足達君の権利だからさ。俺は尊重するよ。うちホワイト企業だからね。決して、クビになんてしないよ。ただ、俺たち職場の仲間たちのことと、何よりお客様の利益を考えて、君自身がこれからの方針を立ててくれたらなーって」

「それって……つまり、僕のほうから」

「おっと、こっちは何も強制してないよ。自分でよく考えてくださいってお願いしてるだけ。さて、君はどうするの？　どうしたいの？　言って」

さっきまでの剣幕はどこへやら、店長は急に猫なで声でそんなことを言った。「お前」呼ばわりが、いつの間にか「君」になっている。

これは決して解雇ではない、恫喝《どうかつ》もしていないという店長のアピールに、正路はすっかり混乱してしまった。

そんな正路に、店長は相変わらずの優しい声で、しかし容赦なく畳みかける。

「ほら、こっちだって忙しいんだからさ。早く返事して。どうすんの？」

早口に言い終えてからも、店長の口は、声を出さずに動き続けている。

そのゆっくりとした口の動きは、幾度も繰り返し、同じフレーズを形作る。

もう、逃げ道はないのだ。

そう悟った瞬間、正路はすべての気力を失い、ただ、店長の唇が大きく動いて促す言葉を、従順に震える声で発した。

「今日で……辞めさせて、ください」

「あっそう？　相変わらず声ちっちゃいけど、ギリ聞こえました。いやあ、残念だなあ。実に残念だけど、君の意思を尊重して引き留めないよ。お疲れさん、いやどうもどうも」

店長の、今にも踊り出しそうに明るい声に、彼がいかに正路を辞めさせたかったか、それがかなってどれほど嬉《うれ》しいかが否応《いやおう》なく伝わってきて、正路はとうとうこらえきれない涙が、目の奥から湧き上がるのを感じた。

店長の目の前で泣くことだけはなけなしのプライドが許さず、正路は無言で深々と頭を下げ、そのままクルリと踵《きびす》を返す。

扉を開け、外に出ようとしたとき、背後から店長の相変わらず弾んだ声が鼓膜を打った。

「あっ、制服は置いていけよ。あと、ロッカーは綺麗《きれい》に掃除して、私物を残さないようにそうそう、記念品のつもりで店の物を持ち帰ったら窃盗罪だからな。もううちの人間じゃないんだから、容赦なく警察呼ぶぞ」

あまりにも心ない追い打ちに頷《うなず》くことすら辛《つら》すぎて、正路はそれでも静かに扉を閉めた……。

とぼとぼという擬態語が、これほどまでに似合う足取りで歩く日が来るとは。

そんな驚きすら覚えつつ、正路は人気のない、暗い夜道を歩いていた。

居酒屋の仕事が終わるのはいつも終電後なので、通勤にはこれまでずっと自転車を使っていた。

先々週、その自転車を盗まれたのが、思えばケチのつき始めである。

以来、やむなく徒歩で自宅アパートと居酒屋を往復していたが、今夜でそれも終わりだ。

「一生懸命、働いてたつもりだったんだけどな」

思わず、力ない嘆きが漏れる。

居酒屋を出て、深夜でもそこそこ賑《にぎ》やかな駅前を抜けるまではどうにか我慢していたが、住宅街に差し掛かるなり、とうとう涙が両目から溢《あふ》れ出した。

以来、涙腺《るいせん》が壊れた蛇口のように涙を流し続けるので、いちいち拭《ぬぐ》うのも嫌になってしまい、今、正路の頬は幾筋もの涙で濡《ぬ》れたままだ。

きっと、顎《あご》を伝って落ちた涙で、パーカーにもたくさんしみができていることだろう。こんなに泣くのは、小学生の頃以来だ。

（大学入試にまた失敗、バイトも今日でクビ……ああいや、バイトは自分から辞めたことになったんだっけ）

正路は、パーカーのポケットに手を入れた。

中から引っ張り出したのは、薄い事務用の封筒だ。中には、千円札が一枚だけ入っている。

　事実上解雇され、失意状態で居酒屋のロッカーで着替えていたとき、わざわざやってきた店長がねじ込んでいったものだ。

「忘れてた、これ、餞別《せんべつ》な。いやあ、足達君みたいな優秀な人材を失うのは、こちらとしても大きな損失だよぉ。名残惜しいね！」

　まだ、明日《あした》の仕込みなどで残っている従業員たちに聞こえるように大声でそう言って、言葉とは裏腹の素早さで店長は去っていった。

（全然、名残惜しそうじゃなかった。嬉しそうだった。僕がいなくなったことを、あんなに喜ぶ人がいるんだ）

　職を失った今の正路にとっては、たとえ千円札一枚でも、貴重な生活費の足しだ。封筒を店長に突き返す度胸など、もとよりあろうはずがない。

　店長が引き上げた後、入れ替わりに古株の従業員がいかにも気まずそうにやってきて、「ごめんな、店長命令だから」と、正路のバッグの中を検《あらた》め、備品を盗んでいないかチェックされた。

　そんな屈辱的な目に遭っても、「お世話になりました」と挨拶《あいさつ》をしてしまう卑屈な自分が、今さらながら悔しくて情けなくて、ポケットに戻した封筒を、ぐしゃりと握り締める。

今の正路にできる腹いせなど、その程度のものだ。

(大学にも要らないって言われて、バイト先にも要らないって言われて。まだたくさんスタッフは残ってたのに、誰も「さよなら」すら言ってくれなかったな。僕がクビだって、みんな知ってるみたいだったのに)

いかにも後ろめたそうにチラチラ見てきた同僚、いや元同僚たちの顔を思い出し、正路の目には新しい涙が溢れる。

結局誰とも友達と呼べるほど親しくはなれなかったが、それでも一年近く、週の大半、顔を合わせて挨拶したり、仕事上の会話をしたりした関係だ。

それなのに、誰も自分との別れを惜しんだり、連絡先を交換しようと言ってくれたりはしなかった。

その残酷な事実が、正路を完膚なきまでに打ちのめしていた。

(わかってる。僕が悪いんだ。みんなは、親切に僕を遊びに誘ってくれた。それなのに、僕が溶け込めなかった。どう振る舞ったら好感を持ってもらえるのか、わからなかった。フリでも楽しめばいいのに、それすらまともにはできなかった)

対人関係における自分の心境にいちばん近いのは、小学生の頃、休み時間に担任教諭に半ば強制的にクラス全員でやらされていた「長縄跳び」かもしれないと、正路はぼんやり思い出していた。

二人組で長い縄の両端を持ち、息を合わせて回し続ける中、ひとりずつ順番にジャンプに加わっていき、クラス全員が入れたら成功、誰かが縄に引っかかったら失敗、という遊びである。

別に縄に足を引っかけたからといって罰則があるわけではないが、それまで頑張って飛び続けた皆の努力を無にするということで、どうしても白い目で見られがちだ。

正路は飛ぶと必ず失敗するので、皆が嫌がり、いつも縄を回す役を押しつけられていた。正路としても、皆の「あーあ」というリアクションを食らうのがつらくて、いつしか何も言われなくても縄を持つようになった。

縄回しの相棒はいつも担任教諭で、身長差と正路に体力がないせいで、回しているとすぐ肩がちぎれそうに痛み始めるのが常だった。

それなのに縄の向こうから、「楽しいだろ、足達！」と担任に声を掛けられ、必死で作り笑顔を返していた自分を思い出してしまい、正路の口からは「あああ」と溜《た》め息交じりの声が漏れる。

（そうだ。あのときとまったく一緒だ。縄跳びに加わるタイミングがわからなくて、思いきって突っ込んでいったらそのたびに大失敗して、みんなに迷惑ばっかりかけてた。縄を回すのはしんどくて痛くてつらいばっかりなのに、みんなが楽しそうだから、無理やりニコニコしてた。僕はあの頃から、ちっとも変わってない）

他にできることがないからやっていた縄回し係ですらたびたび失敗し、担任教諭に「足達よう、お前は何ならできるんだかな」と困り顔で言われたことまで思い出し、正路はとうとう道端で立ち止まってしまった。

うっかり甦《よみがえ》ってしまったつらい記憶と、この一日で起こった二つのショックな出来事が、正路の心を澱《よど》んだ沼のような色に染めていく。

(何をしても上手《うま》くいかない。それだけじゃなく、何をしても誰かに迷惑をかける。僕なんか、いなくてもいい。ううん、むしろ、いないほうがいいんじゃないかな)

そんな絶望は、今、突然生まれたわけではない。

幼い頃から、努力してもどうしようもない失敗と挫折《ざせつ》を繰り返すたび、誰かを怒らせたり呆《あき》れさせたりするたび、少しずつ胸の中で育ってきた闇の獣が、満を持して牙《きば》を剝《む》いたに過ぎないのだろう。

「もう、歩いたって意味がないじゃないか」

このまま歩を進めても、たどり着くのは、待つ人のないひとりぼっちのアパートだ。新しいアルバイト先を見つけられなければ、そのささやかな住み処《か》ですら、早晩失うことになるだろう。

「僕には、誰もいない。何もない」

そんな呟《つぶや》きと共に、全身から気力が抜けていくようで、正路は誰もいない暗い路上で立ち尽くした。

限界ギリギリの精神状態が、正路の警戒心をあまりに鈍らせていたのかもしれない。

あるいは、とめどなく流れる涙が、視覚を酷《ひど》く鈍らせていたせいかもしれない。

とにかく、正路がハッと我に返ったとき、彼の視界は眩《まぶ》しく白い光に灼《や》かれ、鼓膜はけたたましいクラクションに限界を超えた振動を余儀なくされていた。

「え……っ？」

その光が、狭い道幅ギリギリに不自然な蛇行を繰り返しながら、猛烈な勢いでこちらへ向かって走ってくる自動車のヘッドライトだと気付いたときには、もう遅かった。

呆然《ぼうぜん》と立ち尽くす正路に、ブレーキを踏むこともなく猛スピードで突っ込んできた自動車が衝突する。

両脚に走った激痛に悲鳴を上げるより早く、胸部に強い打撃を受け、息が詰まる。

どす、だったり、めり、だったり、ぐしゃ、だったり。

これまで一度も聞いたことがない、重くて鈍くて生々しい音を聞きながら、正路は自分の身体がチリのように宙に舞うのを感じていた。

よく、人生の終わりに、人はそれまでのことが走馬《そうま》燈《とう》のようによぎるという。

だが、そんな余裕は正路にはなかった。

自動車に撥《は》ねられたのだと気付くとほぼ同時に、全身が凄《すさ》まじい勢いで地面に叩《たた》きつけられる。背骨がしなって、鈍い嫌な音を立てた。

「ぐッ……！」

痛みより息苦しさが強く、身体を丸めたいのに、全身のどのパーツも思うように動いてくれない。

「やべえやべえ！」

おそらく、正路を撥ねた自動車が、それに気付いて引き返してきたのだろう。

扉が開く音がして、自動車に乗っている人々とおぼしき声と足音が聞こえる。しかし彼らは、「逃げようぜ」と言いかわすと、正路に声をかけることもなく車に戻ったようだ。エンジンを勢いよく吹かし、自動車の走行音はたちまち遠ざかっていく。

（ああ……車に撥ねられるって、こんな感じなのか）

アスファルトの冷たさと硬さを片頰に感じながら、正路は打ち棄てられたゴミのように地面に転がっていた。

動きたいのに、動けない。荒い息をしながら、僅《わず》かに動く首を必死で巡らせると、かろうじて視界に入った自分の右腕は、ありえない場所と角度でぐにゃぐにゃと曲がっていた。

おそらく、左腕も、両脚も、似たような状態なのだろう。

（動かないはずだよ。凄《すご》い。めちゃくちゃに折れてる）

　どこか呑気《のんき》に感心しつつ、正路は弱々しく息を吐いた。

　深呼吸したいのに、思いきり息を吸い込むことができない。息苦しくて目尻《めじり》に新たな涙が滲《にじ》んだ。

　喘《あえ》ぐように取り込んだ僅かな空気は、血の臭いと味がした。

　不思議なことに、痛みはほとんど感じなかった。むしろ、身体の大部分が消え去ったような奇妙な感覚がある。

　ただ、むず痒《がゆ》いような痺《しび》れがジワジワと全身に広がっていき、徐々に眠気が忍び寄ってきた。

　なるほど、自分は死につつあるのだ、と正路は確信した。

（運転してた人たち、助けようともしてくれなかったな。やっぱり僕は、生きる価値のない人間なんだ）

　轢《ひ》き逃げしていった連中への怒りはなく、ただただ、静かな寂しさと諦《あきら》めだけが正路の胸に満ちていた。

（最悪な日の終わりに、こんな死に方をするなんて。でも、もう、いいや。何もかも、どうだっていいや）

　徐々に視界が霞《かす》み、瞼《まぶた》が重くなってくる。

（死ぬのって、こんなに簡単なんだな）

あまりにも容易《たやす》く訪れた「一巻の終わり」に驚きすら覚えつつ、正路はゆっくりと目を閉じ、なすすべもなく命が尽きるのを待とうとした。

ところが。

カツ、カツ、カツ……。

離れたところから、誰かの靴音が聞こえた。

ひとりだけのようだ。歩く速度はずいぶんと速く、メトロノームのように正確なリズムを刻んでいる。

おそらく、大人だろう。

（誰か……来た？）

今さら発見されても、どうせ自分は助かるまい。

だが、せめて警察に連絡を入れてくれるとありがたい。さすがに、朝までこのままで子供に見つかったりしたら、一生もののトラウマを与えてしまうに違いない。それだけは避けたい事態だ。

この期に及んで他人の心配をしつつ、正路は目を閉じて、真っ直ぐこちらへ近づいてくる靴音を聞いていた。

やがて、正路の頭のすぐ近くで、靴音は止まった。

ずっと高いところで、誰かの息づかいが感じられる。

自分の惨状を見て、悲鳴も出ないほど驚いているのだろうか。

ぼんやりとそんなことを考えていた正路の耳に、男の声が聞こえた。低くてよく通る、耳に心地いい声だった。

「血の臭いに誘われて来てみれば、これはこれは、なかなかの眺めだ」

悲鳴どころか、笑みを含んだ、かなり楽しそうですらある声音である。

（なんだか、変なタイミングで変な人が来ちゃったな）

せっかく安らかに死んでいこうとしたのに、声の主が気になって、このままでは死ぬに死ねない。

正路は重い瞼をこじ開けて、声の主の姿をせめてひと目見ようとした。

最初に見えたのは、暗がりにぼんやり映る、かの人の足元だった。

ピカピカに磨かれた、いかにも高価そうなローファーのつま先が、もう一歩で正路の顔面を蹴飛《けと》ばすくらい近くにある。

こんなに格好のいい靴を履く人物は、いったいどんな顔をしているのだろう。

今際《いまわ》の際だというのにそんな興味が湧いてしまい、正路は必死になって動かない身体を励まし、どうにか仰向《あおむ》けになろうとする。

そんな正路の動きに気付いたのか、声の主は小さく笑った。

「なんだ、まだ生きていたのか。か細い身体で、存外しぶとい奴だな」

（いや、いくらなんでも、それは酷いのでは？）

まさか、この状況で、「大丈夫ですか」でも「救急車を呼びます」でもなく、「まだ生きていたのか」と言われるとは。

唖然《あぜん》とする正路をよそに、声の主は、その場でヒョイとしゃがみこんだ。

ろくに動けない正路にも、ついに声の主の顔が見えるようになる。

（うそ、だろ）

瀕死《ひんし》の重傷でありながら、正路は驚きを禁じ得なかった。

声の主は、まだ若い、そして、驚くほど整った顔立ちの男性だった。

シャープな頬から、スッキリした顎《あご》へのラインは滑らかで、形のいい額はほどよく広い。

やや皮肉っぽそうな曲線を描く眉《まゆ》の下には、切れ長の冴《さ》え冴《ざ》えした光を宿す双眸《そうぼう》があり、鼻筋は高く通って、淡く色づいた唇は冷ややかな笑みを浮かべている。

モデルか俳優と言われても、少しも驚かないほどの完璧《かんぺき》な美貌《びぼう》である。完璧過ぎて、この世の人とは思われないほどだ。

（もしかして、天使が迎えに来てくれたのかな。いや、天使はあんな酷いことを言わないよね。むしろ、悪魔……）

まるで正路の考えを読んだかのように、男は口角を片方だけ吊《つ》り上げてニヤリとすると、正路の顔を覗《のぞ》き込んだ。

「おい、話しかけてやっているんだ。ジロジロこっちを見てばかりいないで、返事くらいしたらどうだ」

　男は、正路の惨状など少しも気にしていない様子だ。

(何なんだ、この人)

　せっかく安らかに死ぬところだったのに、いや、現在進行形で死につつあるのに、正路は男にすっかり気を取られてしまった。

　だが、呼吸すらままならない今の正路には、声を出すことが難しい。

「……た……す？」

　どなたです、と訊《たず》ねようとしたのに、正路の喉《のど》から出たのは、切れ切れの掠《かす》れ声だった。

　だが不思議なことに、男は木枯らしのような正路の声を聞き取ったらしい。たちまちムッとした顔つきで正路を睨《にら》んだ。

「くたばりかけている人間の分際で、己の名すら語らずして俺の素性を探ろうとは、いい根性だな。お前、今、自分がどうなっているか知っているか？」

　そう言いながら片手を伸ばした彼は、何かをヒョイと拾い上げ、正路の鼻先にぶら下げる。

悲鳴を上げたくても上げられない正路の喉が、ヒッと微《かす》かに鳴った。

男が無造作にぶら下げているそれは、正路の脚、だったのである。マネキンの部品のように見えるそれは、確かに正路のバスケットシューズを履いている。

靴の形から、それが右脚であることもわかった。

さっきまで正路の身体を支えていたはずのその右脚は、ふくらはぎのあたりで無惨に断たれ、生々しい傷口からはへし折れた骨やちぎれた筋肉が露出していた。

「う……そ」

「さしずめ、車にでも轢かれたか。見事にちぎれて転がっていたぞ。ちなみに、他の手足も折れて酷《ひど》い有様だ。背骨も折れているな。胸もおかしな動きをしている。無事なあばら骨はあるまいよ」

冷静に、いや、むしろどこか楽しげにそう言いながら、男は正路の右脚の傷口に鼻を近づけた。ふんふんと臭いを嗅《か》ぎ、満足げに頷《うなず》く。

「悪くない。いい機会だ、試してみるか」

(何を?)

自分の悲惨な状態をサラリと知らされたにもかかわらず、自分の目で見ることがかなわない正路にとっては、むしろ目前の男の挙動が気になって仕方がない。

だが男は、正路が予想もしなかった行動に出た。

正路のちぎれた脚から漏れ出す血を、何の躊躇《ためら》いもなく、舌先でチロリと舐《な》めたのである。

「!?」

驚愕《きようがく》する正路をよそに、男はじっくりと正路の血を味わい、そして、「ほう」と意外そうにこう言った。

「生きている人間の血肉でも、身体から離れたものであれば、あ奴の呪いは発動せんか。面白い。これはいいことを知った」

(何をして……何を言ってるんだ、この人)

正路は、永遠に閉ざされるはずだった両目を裂けんばかりに見開き、信じられない思いで目の前の美しい男を凝視している。

だが、正路の驚きはそこで終わらなかった。

「ならば」

歌うようにそう言った男は、次の瞬間、正路の脚にがぶりと大口で齧《かじ》りついた。

「ひ……ッ!」

正路は、恐怖におののいた。

ぴちゃり、ジュルッ、ムチャ……。

確かに聞こえる生々しい音は、男が脂を舐め、血を啜《すす》り、肉を咀嚼《そしやく》する音だ。

男の美しい、雪のように白い顔が、みるみるうちに赤い血で汚されていく。それを正路は小刻みに震えながら、ただ見ていた。

普段なら、無我夢中で走って逃げるところだ。

しかし、今、彼の身体は走るどころか、顔を背けることすら難しい。

(これは、現実なんだろうか)

陶然とした表情で、男は正路の脚を貪《むさぼ》っている。

こんなホラー映画でも見ないようなシーンが、果たして現実のものなのだろうか。

もはや正路には、目の前の光景が現実のものなのか、あるいは目前に迫った死が見せる幻覚なのか、判断がつかなくなっていた。

再び頭がぼんやりしてきて、正路が今度こそ意識を手放しそうになったそのとき、男はようやく顔を上げた。

そして、正路が今まさにあの世に旅立とうとしているのに気付くと、何の躊躇《ちゅうちょ》もなく足を放り出し、正路の血に汚れたパーカーの襟首を引っ掴《つか》んだ。

そして、ぐんにゃりした正路の身体を引き起こすと、思いきり頬を張り飛ばした。

「ぐっ……う」

またしても三途《さんず》の川から引き戻され、正路はうっすら目を開く。

そんな彼の顔にぐっと血で汚れた顔を寄せ、男は冷たく言い放った。

「勝手に死ぬな。お前にはまだ用事がある」

「……よ……じ？」

「そうだ。人間の血肉を喰《く》らったのはほぼ千年ぶりだが、お前の血も肉も、実に旨《うま》い。久しぶりなせいかと思ったが、そうではない。お前の血はとろりと甘く、それでいて清澄だ。そしてお前の肉は、適度な噛《か》み応《ごた》えと素朴な野趣がある。いずれも悪くない」

まさか、人生が終わりかけるタイミングで、自分の血と肉の食味を評価されるなどとは誰も思うまい。

（僕の身体の食レポをされても困るよ……！　もう、何がなんだか）

ツッコミを入れたくてもかなわない正路は、恨めしげな視線を男に投げる。

だが、そんなささやかな正路の抗議などスルリと無視して、男はこう言った。

「おい、お前。このまま死ぬなら、お前の肉体は、俺が責任を持って余さず喰らってやる。それはそれで、安心してくたばるがいい」

（それは、とても安心できる話じゃないです）

そんな気持ちを目に込めても、男にはまったく伝わっていないようだった。

「だが、この旨い血肉を、今だけの味わいにするのは惜しい。どうせなら、飼っておきたいものだ」

（本当に、この人、何を言ってるんだろう。凄《すご》くヤバいんじゃないか？　もしかして殺人鬼か何か……ああいや、殺人鬼だからって、人肉を生で食べたりしないよね。お肉が物凄く大好きな人……いや、人肉は普通、お肉には入らない）

男の正体を見極めたいと思うものの、圧倒的に血が足りない頭はぼんやりと霞《かすみ》が掛かったようで、間抜けな推測ばかりがグルグル脳内を巡る。

そんな正路に苛《いら》ついたように、男はもう一度、正路の頬を今度は心もち軽く引っぱたいてから、こう告げた。

「旨い血肉の礼に、お前には得しかない提案をしてやろう。俺の下僕になれ」

「……は？」

あまりのことに、妙にクリアな声が出た。正路は、そろそろ自由に動かなくなってきた瞼《まぶた》を必死で何度か瞬《しばたた》かせ、「何を言っているんですか」の意を男に伝えようとする。

だが、男は真顔だった。口元は血みどろでまるでピエロのようだったが、冗談を言っている表情ではない。

「俺の下僕になれ」

男は同じ台詞《せりふ》を繰り返し、さらに言葉を継いだ。

「俺の下僕になり、俺のために働き、俺の餌になれ。そうすれば、お前の身体をおおむね元に戻し、衣食住を保障してやろう。それなりに厚遇してやる」

今度こそ、正路は瀕死《ひんし》の状態でありながら、呆《あき》れ返ってしまった。

この男の正体はわからないが、とんだほら吹きであることだけは確かだ。

どんな名医でも、今の正路を救命することはできないだろう。それを、「おおむね元に戻してやる」などと……。

（おおむね？）

心に引っかかる一言が、正路の唇を小さく動かした。

男はそれを正確に読み取り、しゃがんだまま、器用に肩を竦《すく》めてみせた。

「俺は、こうなる前のお前の身体を知らんからな。推測で修繕せねばならん箇所がどうしても出てくる。さっき、俺が喰った箇所も適当に埋めねばならんしな」

「……な、にを、言っ」

正路が必死で口にした言葉を、男はあっさり遮る。

「案ずるな。人間の身体であることに違いはあるまい。俺の美意識をもってすれば、元より優秀な身体になるやもしれんぞ」

二の句が継げない正路にニッと笑いかけ、男は立ち上がった。猫のようにしなやかな動きだ。

「どうだ。生きたくはないのか？」

男が立ったせいで、彼の言葉は、まるで遥《はる》か頭上から降ってくるように正路には感じられた。まるで、得体の知れない神様からの問いかけのように。

（生きていたって仕方ない。そう思ったんだってば。だから、このまま）

このまま、静かに死なせてほしい。

正路が、そんな願いを唇で形作ろうとしたそのとき、不意に脳裏に懐かしい声が木霊《こだま》した。


『なんも』


それは、半日前に聞いた母親の声だった。「な」と「ん」の間にごくごく小さな「あ」が入る、彼女独特の、おっとりした柔らかな言い回しだ。

正路が受験失敗を告げ、謝ったとき、母親は真っ先に「なんも」と言った。

生粋の秋田県人ではない母親は、普段はほとんど標準語で話す。そんな彼女が、珍しく口にした秋田弁が、「なんも」だった。

標準語に翻訳すれば、「いえいえ」や「どういたしまして」となるのだろうが、この場合は、「大丈夫よ」というニュアンスだ。

おそらく、秋田弁を使うことで、正路に故郷の空気を少しでも伝えたいと思ってくれたのだろう。

『こっちからの仕送りも受けんで、ひとりで頑張ってんのに、何を謝ることがあるの』

息子の二度にわたる受験失敗は、彼女にとっても大きなショックだっただろう。それでも母親は、明るい声でそう言ってくれた。

「でも、二度も大学入試に落ちて、お祖父《じい》ちゃんもお父さんもガッカリするよね。申し訳ないよ。もう、諦《あきら》めたほうがいいのかもしれない」

母親の声に里心を刺激されて、正路はついそんな本音を口にした。

彼が農学部を志したのは、専業農家の祖父と父が、毎年、災害や害虫、病気に苦労しているのを見てきたからだ。彼らほど頑強ではないので、家業は継げないだろうが、代わりに、強くて収量が多く、食味のいい野菜を品種開発する仕事に就きたいという一心だった。

その決意を告げたとき、祖父も父も喜んで、とても自慢に思ってくれたようだ。

そんな彼らの期待を二年続けて裏切ったことに、正路は深い罪悪感を覚えていた。

しかし母親は、明るさを少しも失わない声でこう言った。

『私もお父さんもお祖父ちゃんも、そりゃあんたには期待してるよ。でも、その期待は、あんたが農学部に入って学者さんになることだけじゃない。あんたが、幸せな、実り多い人生を送ることを期待してるの』

さりげなく告げられる家族の深い愛情に、正路は胸を打たれて咄嗟《とっさ》に言葉が出なかった。そんな彼に、母親はなおもこう言った。

『私らのことは気にしないで、あんたは自分の将来を自分でよく考えて決めなさい。寂しくなったら、帰ってきたらいいよ。お茶っこ飲みながら話そう。相談にはいつでも乗るからね。でも、決めるのはあんたよ。あんたの一生に、私らは責任持てんからね』

そんな母親のメッセージが、胸の中から溢《あふ》れ出してくる。

言葉のひとつひとつが、闇に絡め取られていた正路の心を、ただ一筋の光のように微《かす》かに照らすようだった。

(そうだ。お母さんは、僕が、幸せな、実り多い人生を送ることを期待しているって言ってくれた。それなのに僕は、せっかく貰《もら》った命を、勝手に諦めて、捨てようとしてたんだ)

さっきまでの落胆より遥かに重い後悔が、正路の胸を刺した。

身体の感覚は失われていても、心がキリキリと痛み、正路の顔を歪《ゆが》ませる。

「ぼ……く、は」

(ここで死んだら、僕は一生、お母さんとお父さんとお祖父ちゃんを悲しませて、ガッカリさせ続けるんだ。でも、生きていれば……もしかしたら)

母親の言葉を蜘蛛《くも》の糸のようにして縋《すが》り、正路は生者の世界に再び顔を向ける。

そんな心の動きに呼応するように、男は冷たい声で告げた。

「どうする？　死ぬか、生きるか、お前が決めろ。死ぬなら、お前は俺の胃袋に収まる。生きるなら、お前は俺の下僕となる」

それはどう考えても荒唐無《こうとうむ》稽《けい》な選択肢だし、いったい「下僕になる」というのが実際どういうことなのかも、今の正路には想像すらできない。

それでも、男の「下僕になる」ことで、本当に生き延びることができるのなら、ここでただ死を待つよりはいくらかマシなのかもしれない。いや、ずっとマシなはずだ。

「……くは」

虫の羽音ほどの声しか出なかったが、男は微かに頷《うなず》いた。聞こえている、とゆっくりした瞬《まばた》きが伝えてくる。

正路は、今の彼に吸えるだけの空気を最後の力を振り絞って吸い込み、心からの約束の言葉を弱々しく、それでもハッキリと言葉にした。

「ぼ、くは、いきる」

男は、すっと目を細めた。

「人間よ、お前の真名を偽りなく告げよ」

男の口から放たれた言葉は、鞭《むち》のように鋭い。もとより偽名を使うなどという考えは正路にはなかったが、名前を口にすれば、もう後戻りはできないのだという事実は、何故かハッキリと理解できた。

いささかの恐れをもって、それでも他に選択肢はないのだと自分を励まし、正路は男に初めて自分の名を告げる。

「あ……あだち、まさみち」

「よかろう。その名をもって、お前の魂と肉体は共に我がものとなる」

どこか厳かにそう告げて、男は再び正路の傍らに片膝《かたひざ》をついた。そして、真っ二つに折れて凹《へこ》んだ正路の胸骨の上に、骨張った白い両手を重ねて置く。

「契約は成った。我が下僕よ。お前の肉体を繕ってやろう」

そう言うなり、正路の胸に置かれた男の手のひらが、銀色の光を放ち始める。

眩《まばゆ》い、何か神聖なものを感じる、清らかな光だ。

だが、正路はその光の美しさを心ゆくまで味わうことはできなかった。

どくん！

これまでの人生で一度も経験したことのない強烈な強さで彼の心臓が拍動し、感覚がなかったはずの全身に、沸き立つほど熱い血が猛スピードで駆け巡るのがわかる。

「うっ……あ、あああああああっ！」

その直後、まさに、今、正路が負っている無数の傷の痛みが、一斉に彼の脳に殺到した。

耐えがたい苦痛に襲われた正路の口から、泡立った大量の血液が溢れ出す。

「か……はっ」

彼が覚えているのは、そこまでだった。ブレーカーが落ちるように視界が真っ暗になり、正路の意識は、底の見えない深みへとゆっくり落ちていった……。

二章　謎めくひと

深くて暗い水底から、遥《はる》か上方に煌《きら》めく光を目指して、正路は両手で水を掻《か》く。

冷たい水は、正路を逃がすまいと全身に絡みつくが、両脚でそれを軽々と振り払い、のし掛かる水圧をぐいと押し返す。

（ああ、身体が動くって素晴らしい……！）

息苦しさより、手足を自在に操って力強く泳げることが、何より嬉《うれ》しかった。

（生きてる。僕は、生きてる！）

全身に喜びを漲《みなぎ》らせて、正路はぐんぐんと光を目指して浮上する。

ザバッ！

ついに静かな水面から頭が突き出したその瞬間、正路の目がポカリと開いた。

「……あ、れ？」

さっきまで感じていた冷たい水は、綺麗《きれい》さっぱり消えていた。

代わりに彼の身体を覆っているのは、ズッシリと重い綿布団である。

「なんで？」

自分が今置かれている状況がまったく把握できず、正路は両目をパチパチさせた。

そろそろと首を巡らせ、辺りの様子を窺《うかが》う。

（ここは、いったいどこだろう）

彼は、見知らぬ狭い部屋の、壁際に置かれたベッドに横たわっていた。

アパートの部屋にある硬いベッドではない。おそらく上質のマットレスなのだろう、全身がしっかりと、それでいて柔らかく支えられている感じがする。

（ああ、さっきまでの重たい水の感覚、このベッドの感触のせいか）

心地よい寝床だが、ただひとつ、使い慣れないクラシックなそば殻枕はとても硬くて、後頭部が鈍く痛む。

何げなく息を吸い込んだ途端、鼻腔を埃《ほこり》と黴《かび》の臭いに刺激され、正路は盛大に咳《せ》き込んだ。

どうやら、この布団は長らく手入れをされていないようだ。無闇に重いのは、たっぷり湿気を吸い込んでいるからだろう。

正路は片手でそろそろと布団を腹の方へめくり上げ、身を起こそうとした。

だが、たちまち全身に軋《きし》むような痛みが走り、呻《うめ》きながら再びベッドに倒れ込む。

「いたた……いったい、何がどうなって……あっ」

痛みが寝起きの頭をシャッキリさせてくれたらしい。正路の頭に、意識を失う前の出来事が、周回遅れの走馬《そうま》燈《とう》のように早送りで流れ始めた。

(そうだ、僕、車に撥《は》ねられて、身体が滅茶苦茶《めちゃくちゃ》になって死にかけて……そして、信じられないくらい綺麗な、もっと信じられないくらい変な男の人に会ったんだ)

なかなか止まらない咳《せき》と、治まらない痛みに苦悶《くもん》しつつも、正路は必死で記憶をたぐり寄せる。

(生きたければ、下僕になれ……とか言ってたっけ、あの人。ぐちゃぐちゃになった僕の身体を元に戻してくれるとか、何とか)

記憶の中の、おかしな角度に捩《ねじ》れた自分の腕を思い出すと、今さらながら、ぞっとして身震いしてしまう。

しかし、轢《ひ》き逃げされたことも、死にかけたことも、あの謎めいた男とのやりとりも、すべてが現実離れしていて、まるで悪夢のように思われる。

「悪夢……夢……あれ、夢だったんじゃないかな。だって」

小声で呟《つぶや》いて、正路は横たわったまま、両手を顔の前にそろそろと持ち上げてみた。

両腕はちゃんと肘関節《ちゅうかんせつ》で正しい方向に曲がるし、手も握ったり開いたりできる。

両脚をゆっくり交互に上げてみると、痛みはあっても、意のままに動かせる。

ただ、全身の筋肉や骨が、激しい運動をした翌日のようにうるさく悲鳴を上げているだけだ。

「何故かあちこち痛いけど、どこも折れてないし、ちぎれてない」

ちぎれてない、と声に出した瞬間、恐ろしいビジョンが正路の瞼《まぶた》の裏に甦《よみがえ》る。

あの、実在するとはにわかに信じられない美貌《びぼう》の男は、正路のちぎれた脚を「食べて」いた。

あの、鮮血に汚れた能面のように白い顔を思い出すと、全身が総毛立つ。

（あんなことが実際にあるわけ……）

「あるわけないじゃないか。あんなの、ゾンビ映画の中だけの話だよ」

正路は声に出して呟いてみた。

そうだ。確かに自分は自動車に撥ねられた。

そこまでは実際あったに違いない。しかし、そこから先はいくらなんでも荒唐無稽《こうとうむけい》だ。

となれば、あれはきっと撥ねられたショックで見てしまった幻覚に違いない。

全身が痛むのは、車に撥ねられたなら当たり前のことだ。むしろ、奇跡的にその程度で済んでよかったという話なのだろう。

不思議なのは、今、自分がいるこの見知らぬ部屋だが、もしかしたら、轢き逃げされて倒れている自分を発見した親切な誰かが、自分の家に連れ帰ってくれたのかもしれない。

(だけど今どき、救急車を呼びもせずそんなことをしてくれる人、いるかな。どこの馬の骨とも知れない奴を、自宅に連れて帰るなんて、そんなこと……あるかな)

急に不安になって、正路は今度は慎重に身を起こした。

やはり、ギシギシと効果音が聞こえてきそうなほど、身体じゅうが強張《こわば》り、少し動かしただけで鈍い痛みが走る。とはいえ、慣れてしまえば動けないというほどではない。

改めて周囲を見回してみると、何とも生活感溢《あふ》れる、ノスタルジックな設《しつら》えの部屋だ。

ベッドはシングルサイズで、木製のヘッドボードは実にプレーンなものだ。

壁はザリザリした触感の、鶯色《うぐいすいろ》の塗り壁、床面は毛足の短いカーペット敷きだが、もしかしたらその下は畳かもしれない。

窓だけはリフォームしたのか、アルミサッシのモダンなもので、一面だけでも十分に日光が差し込み、部屋を明るく保っている。

室内のそれ以外のもの……天井のいくつか雨漏りらしきシミのある杉板も、そこから下がる四角いペンダントタイプの照明も、引き出しタイプの重厚なタンスも、綺麗な彫刻が入った木製の鏡台も、すべてが昭和の空気を色濃く帯びている。

無論、正路自身は昭和の時代を生きていないのだが、実家で同居していた祖父母、特に早くに亡くなった祖母の部屋が、こんな感じだった。

そう思うと、見覚えのない部屋が、どこか懐かしく思えてくる。

ただ、布団もそうだが、ヘッドボードにも、照明器具にも、他の家具にも、白っぽく埃がたっぷり積もっている。カーペットも、本来はもっと鮮やかな色なのではなかろうか。

「ずっと、使われてなかった部屋なのかな。そこに、僕を運び入れてくれたんだろうか」

そう思うとありがたいことこの上ないが、それはそれとして、とにかく室内のすべてのものが埃っぽい。子供の頃に比べれば遥かに軽くなったとはいえ、ハウスダストにアレルギーがある正路にはなかなかに厳しい環境だ。

いつになっても断続的に咳が出るし、そのたびにアバラがみしみし痛むので、とりあえず即席のマスク代わりに、服の袖《そで》で鼻と口を押さえよう……と思いついたところで、正路は恐ろしいことに気がついた。

服の袖など、なかったのである。

彼は、清々《すがすが》しいまでに全裸だった。布団をすべて、埃を立てないようにそろそろと剝《は》いでみれば、下着一枚身につけていない。

「なんで⁉」

今度は思わず悲鳴を上げて、正路は忙しく辺りを探した。しかし、どこにも彼の服らしきものはない。

幸い、室内には誰もいないので、全裸でも見られて困るわけではないが、どうにも落ち着かない。かといって、布団を身体に巻き付ければ、なおいっそう咳の発作が酷《ひど》くなりそうだ。

「うう、なんで僕、素っ裸に……あれっ」

裸体を隠すものが見つからず、途方に暮れて自分の体に目を向けた正路は、ふとあることに気づき、首を傾げた。

体の至るところに、うっすらとではあるが、淡紅色のぐねぐねしたラインが走っている。幼い頃、赤ペンで自分の腕に落書き遊びをしたあと、洗ってもなかなか落ちなくて困ったことがあったが、あのときにそっくりだ。

「これは何だろう。あっ」

そのラインがいちばんクッキリしているのは、右の下腿《かたい》だった。激しくうねるラインを不思議がって眺めているうちに、正路は、再びあの謎の男のことを思い出した。

「そうだ、あの人、僕の右脚を齧《かじ》ってたんだった。美味《おい》しそうに、なんかよくわからない食レポまでしてた。あの夢の中で、僕の脚はもげちゃってて、傷口は凄《すご》くぐじゃぐじゃしてたっけ。このラインみたいに」

　正路の裸身が、ブルッと震える。

「あれは……夢じゃなかった……？　まさか、でも」

でも、僕の脚は無事だしと自分に言い聞かせ、それでも不安でたまらなくて、正路は右膝《みぎひざ》を立て、自分の右脚に謎のライン以外は問題がないことを確かめようとした。

　しかし、ハードな勉強に明け暮れた日々を経てもそこそこの視力を保っている彼の目は、知りたくなかった決定的な事実に気付いてしまった。

「ない！　痣《あざ》が、ない」

　ようやく咳が治まった正路の喉《のど》から、絶望の声が上がる。

　彼の右ふくらはぎの内側には、生まれつき、小さなほくろが寄り集まったような、楕円《だえん》形の茶色い痣があった。医学的には母斑《ぼはん》と呼ばれるものらしいが、長さ二センチほどあるその痣を、彼の母親は「あんよのトンカツ」と、親しみをこめたあだ名をつけていた。

（お父さんなんて、「お前に何かあっても、その痣があったらすぐわかるな」なんて酷い冗談言ってたのに。僕に「何か」あったのに、痣のほうが先に消えちゃった）

　どこか切ないおかしみを感じていたのも束の間、正路はさらに嫌なことを思い出す。

「そうだ、あの人がもりもり齧ってたの、ちょうどこの辺だったよね」

あのとき、正路の血で汚れた唇に笑みを浮かべ、あの男はこうも言っていた。

『お前の体をおおむね元に戻し』

「おおむね」

夢の中でもそこを突っ込んだな、と呟《つぶや》こうとしたところで、すべてのパーツがカチリと嚙《か》み合う。

ちょうど、轢《ひ》き逃げされて正路の右脚がちぎれたその箇所に、「あんよのトンカツ」こと痣があったのだろう。

そして、痣のことなど気づきもせず、あの男が皮膚をむしゃむしゃ食べてしまったせいで、元に戻すときにはすっかりなかったことにされた。

信じたくはないが、そう考えるとすべてがスムーズに理解できる。

「どう考えても悪夢だけど、夢じゃない。あれ、夢じゃなかったんだ」

だとすれば、全身に走る薄赤いラインは、事故で負った傷を彼が修復した名残ということになる。それもまた、納得できる話だ。

「いや、納得はできないけど、理屈は通る。いやいや、そんな理屈ないよ。僕は確実に死にかけてた。それを、薄いラインと酷い筋肉痛レベルの痛みだけ残して、こんなふうに治しちゃうなんて。そんなこと、人間にできるはずがないじゃないか！」

大いに混乱し、軽いパニックに陥った正路は、柔らかなマットレスを叩《たた》いて、声を荒らげた。

だが、予想だにしない応答が、閉じた引き戸の外から正路の耳に飛び込んできた。

『当然だ。人間にそんなことができてたまるか』

「ギャッ!?」

聞き覚えのある、男性の声だ。

(今の声、まさか)

正路の疑念は、次の瞬間、確信へと変わった。

ノックもなしに重そうな木製の引き戸をガラリと開けて部屋に入ってきたのは、あの、西洋絵画か大理石の彫像のように美しい男だったのだ。

「あ、あああ……やっぱり夢じゃなかった。実在した！　うわッ」

轢き逃げされて以降のホラー映画さながらの顛末《てんまつ》は、やはり、すべて実際に起こったことだった。

それを思い知らされたショックと同時に、他人の前で自分が全裸であることに慌てた正路は、それでも布団を引き寄せることはしかねて、自分の両膝をギュッと抱え、とにかく体をコンパクトに縮こめて、見える部位を少なくしようとした。

そんな正路の涙ぐましい努力など気に留める様子もなく、男はズカズカと部屋に入ってきて、ベッドの上に持参の紙袋を荒っぽく置いた。

「ようやく起きたか。ちょうどいい。着ろ」

挨拶《あいさつ》も「大丈夫か」も抜きで、男はいきなりそう言った。

「あ……あの？」

膝を抱え込んだまま、戸惑うばかりの正路に、男は苛《いら》ついた様子で小さく舌打ちし、棘《とげ》のある口調で言った。

「三日も寝とぼけて、まだ脳が働いていないのか？　頭の中は無事そうだったから触っていないが、いっそ全部造り替えたほうがよかったかもしれんな」

「ちょ、ちょっと待ってください。それは困ります！　っていうか、その、やっぱりあなたが、僕のことを助けてくださったんですよね？」

「当たり前だろう。まさか、忘れたふりか？　それで逃れられるなどとは思うなよ。契約を違《たが》えれば、お前の心臓が弾《はじ》け飛ぶぞ」

「そ、そんなギミックが!?」

「ギミックという言葉は知らんが、お前は、その身を、つまり命をもって俺と契約を交わしたんだ。違えれば、命を奪われて当然だろう」

常識を語る口調で、男はツケツケとそんな恐ろしいことを言う。正路は、ゴクリと唾《つば》を飲んでから、おそるおそる確認した。

「あの……その『契約』って、僕があなたの下僕になるって話、でしたよね？」

「それは覚えていたか。重畳だ。主《あるじ》として、お前に服を買ってきた。着て、下に来い」

「服？」

「お前の服は無惨な状態だったから、むしり取るついでにすべて捨てたぞ」

「むしり……取ったんですか、あなたが？」

男は、さも当然と言った様子で顎《あご》を数センチ上げる。

「そうしないことには、その体を修繕できまいが。それとも、当てずっぽうで杜《ず》撰《さん》に繕われたかったのか？」

「そんなことはないです！」

今、男と正路を取り巻く事情は何もかもが異常なのだが、男の手、いや口にかかると、すべてが正論のように聞こえるので始末が悪い。

（でも、確かにあれだけ体がボロボロになったんだから、服だって酷いことになってただろうな）

正路はおそるおそる膝から手を離し、紙袋を覗《のぞ》き込んだ。なるほど、袋の中には、まだパッケージングされたままの衣類がぎっちり詰め込まれている。

正路は少し驚いて男の顰《しか》めっ面を見上げた。

「わざわざ、僕のために買ってきてくださったんですか？」

「俺の服では、お前の指先とつま先は一生、太陽を拝めないだろうからな」

ウッと正路は言葉に詰まる。

確かに、身長が百六十センチそこそこの小柄な自分に対して、目の前の男は均整の取れた長身だ。おそらく、百八十センチは超えているだろう。

「ああ、着替える前にシャワーを使いたければ、階段脇が風呂場《ふろば》だ。お前が流した血はすべて、俺が飲み干し、舐《な》め尽くしたはずだ。汚れなどないとは思うがな」

男はそう言うと、正路の血の味を思い出したかのように、満足げにニヤリとした。

「ヒッ」

（やっぱり……そうなんだ。っていうか、舐め尽くしって！）

うっかり、自分の脚を貪《むさぼ》っていた男の血みどろの顔を思い出し、あの赤い舌で、男が自分の裸身を舐めているところまでうっかり想像した正路の顔が、たちまち羞恥《しゅうち》で真っ赤に染まる。

それを見た男は、片眉《かたまゆ》をヒョイと上げて、呆《あき》れ顔で言った。

「それだけ血の気があれば、もう不自由はあるまい。いいから、身支度をして下に来い」

そう言い終える前に、彼は既に背を向けており、正路が何か言い返そうとしたときには、その姿は引き戸の向こうに消えていた。

呆然《ぼうぜん》とする正路の耳に、彼がとんとんと階段を降りていく足音が聞こえてくる。

「勘弁してくれよ……。あの人、何者なんだろう。僕、いったいこれからどうなっちゃうんだろう」

途方に暮れてそう言ってみても、答えてくれる者はない。

とりあえずわかったことは、あの男が酷《ひど》くせっかちなたちだということだ。

おそらく、早々に着替えて彼が指定した「下」へ行かなければ、酷く苛立《いらだ》たせてしまうに違いない。

「僕が下僕ってことは、あの人、正体も名前もわかんないけど、とにかく僕の『ご主人様』ってことになるんだよな。ご主人様は、店長より、たぶん上」

心の中でそんな序列を確立させて、正路は小さく頷《うなず》いた。

アルバイト先の店長の不興を買ってあんなことになってしまったのだから、それより上位にいるご主人様を怒らせるのは、非常にまずい。

特に、相手の素性を何も知らない今は、できるだけことを穏便に運びたい。

（とはいえ……血がついてるとこ、全部舐められたってこと……になるのかな、さっきの話だと）

さすがにそれは大袈裟《おおげさ》な表現だと思いたいが、確かに、体のどこにも血液の付着はない。

（そんな変態じみたこと、あの綺麗《きれい》な人が……したんだろうか。いや、考えても仕方がないけど！）

驚きの連続に感情がかなり麻痺《まひ》していて、男に体を舐められたことへの嫌悪感までは湧いてこないが、とにかく羞恥の念が強い。このまま服を着込むことは正路には難しかった。

「よし、とにかくシャワーだけさっと使わせてもらって、ありがたく服を着よう。何もかも、話はそれからだ」

自分が生きていることだけは確かなのだし、あの男が命の恩人であることも確かだ。まずは身支度を整え、彼に懇ろにお礼を言わなくてはならない。

（引っ込み思案とか言ってる場合じゃない。しっかりしろ、僕）

自分自身の頬を軽く叩《たた》いて気合いを入れ、正路は紙袋を提げると、素っ裸のまま、ベッドを降りた。

そして、筋肉痛に呻《うめ》きながらも、可及的速やかに、男が教えてくれた浴室へと向かったのだった。

シャワーでさっぱりして、真新しい服を着込んだ正路が浴室を出ると、フワッと香ばしい匂いが鼻を掠《かす》めた。

どこを見ても、ここが古い家であることは確かだ。

おそらく、階下で誰かが調理していて、換気扇からの排気が、何らかの理由で二階に入り込んでしまっているのだろう。

（焼き魚！）

匂いの正体に気付くなり、正路のみぞおちが切なく疼《うず》いた。

そういえばさっき男は実にさりげなく、正路が三日も眠っていたと言っていた。

当然、そのあいだはまったく飲み食いしていないのだから、体が空腹を訴えるのは当然と言える。

（厚かましいけど、僕の分も……あるかな。あるといいな）

切実にそう願いつつ、正路は階段を降りた。

ほんの小さな三角形の踊り場で急カーブする階段は、かなり急で、しかも踏み板の幅が狭い。手すりはあるが、油断すると、あっという間に踏み外してしまいそうだ。

階段を降りきったところで、正路はまたしても驚かされた。

そこは、いわゆる昭和の「茶の間」だった。

十畳ほどの座敷に、茶箪笥《ちゃだんす》やちゃぶ台が置かれ、ふっくらした座布団が並べられている。壁際には、折りたたみ式の文机《ふづくえ》が立てかけてあるので、そこでデスクワークもできるのだろう。

ここもまた絵に描いたような昭和の空間なのに、テレビだけが液晶画面なのがどこか面白い。

茶の間の奥には、システムキッチンではない、いわゆる「お勝手」と呼びたい古風な台所が背の低い水屋を挟んであり、男はそこで何やら料理中であるらしかった。

（奥さんか誰かが料理してるのかと思ったけど、あの人がしてるんだ。ここ、一人暮らしなのかな。それにしても……）

正路の心をもっとも惹《ひ》きつけたのは、茶の間と一応、昔風のロールカーテン、もとい竹製の上品な簾《すだれ》で仕切られた、続き間の広い土間だった。

いや、おそらくそこは、茶の間の座敷より一段低いので土間なのだろうと、正路が勝手に考えただけである。

というのも、広い空間の中央に、玄関とおぼしき扉へと続く通路がかろうじて確保されているものの、その両脇は、天井近くまでうずたかく積まれた、古ぼけた道具で埋め尽くされているからだ。

（これは、粗大ゴミ置き場？　いや、まさかそんなもの、家の中に作らないよね。いったいここ、何なんだ？　あの人も謎なら、家も謎だよ）

道具といっても、明らかに用途の明らかな家具もあれば、人形や楽器、面のようなものまで見える。薄暗いのではっきりとはわからないが、四角く見えるのは、絵画の額に違いない。

骨董《こっとう》品ばかりかと思えば、一番近くに転がっているのは、つい最近まで放送されていた特撮番組のヒーローが使っていた武器の玩具《おもちゃ》だ。

　あまりにも雑多な品揃えで、方向性がまったく見えない。

「おい、何を突っ立ってる。運べ」

　呆然と立ち尽くしていた正路は、背後から聞こえた男の声にギョッとして振り返った。

「あっ、何を？」

「飯だ」

　台所に立つ男は、振り返りもせずそう言った。正路は、水屋を回り込むようにして、男のもとへ行った。

　なるほど、無骨なステンレスの調理台には、木製の大きなトレイが置かれ、そこに料理の皿がきちんと並べられていた。

「あ、さっきの匂い、塩鮭だったんですね。美味《おい》しそうだ」

「いいから運べ」

　男は顎《あご》をしゃくった。どうやら、食事は茶の間のちゃぶ台で摂ることになっているらしい。

　正路はずっしり重いトレイを両手で持ち、まったく薄らがない全身の痛みをこらえながら、ちゃぶ台へと運んだ。

皮目がこんがり焼き上がった塩鮭に、明らかに炊きたてのピカピカ輝くごはん、青菜をさっと出汁《だし》で煮たもの、それに、茄子《なす》の味噌汁《みそしる》。

まるで、旅館の朝食のようだと思いながら食器を並べていると、男が片手に小振りな鉄瓶を提げてやってきた。

座布団にどっかと胡座《あぐら》をかくと、傍らに置かれた茶櫃《ちゃびつ》の蓋《ふた》を開け、中から急須《きゅうす》と湯《ゆ》呑《の》みを取りだして、お茶を煎《い》れ始める。

（ますます旅館みたいだ！）

感心しながら配膳《はいぜん》を終えた正路は、ちゃぶ台の脇に、敢《あ》えて座布団を敷かずに正座して、両手を畳についた。

そして、軽く眉《まゆ》をひそめた男に向かって、畳に額がつくほど深く頭を下げた。

「僕の命を助けてくださって、ありがとうございました。あと、こんなに立派な服まで。こんないい服、僕、着たことないです」

それは、お世辞でも謙遜《けんそん》でもなかった。

正路が迷いに迷って紙袋から選び出した服は、ごくカジュアルなベージュのチノパンに、紺色のコットンセーターという組み合わせだが、いずれも名前しか知らないような高級ブランドの品である。おそらくどちらも、諭吉《ゆきち》の二、三枚は軽く旅立つ価格設定だろう。

急須に茶さじで茶葉を掬《すく》い入れ、鉄瓶から湯を注ぎながら、男は何でもないことのように応じた。

「下僕の装いは、主《あるじ》の品格を映す鏡のようなものだ。粗末なものを着ることは許さん」

下僕や主という、現代社会ではまず聞かないような言葉を、男はごく自然に口にする。

正路は、まだ頭を下げたまま、言葉を継いだ。

「あと、食事まで。何から何までお世話になって、本当にありがとうございます。どうやって、このご恩を返せばいいのか……」

それは、感謝の言葉としては実に定型的なものだったが、男はつまらなそうに鼻で笑った。

「はなから返しきれる恩ではあるまい」

「それは……そうですけど。その、僕、事故の直後は色々混乱していて。死にかけててたぶん頭もぼーっとしていて」

正路には見えないが、男の眉尻《まゆじり》がピクリと動いた。

「お前、やはり契約を違《たが》え……」

「違います！　そうじゃないです。契約……っていうか、約束したことは、ちゃんと思い出しました」

正路はたまりかねて頭を上げた。そして、自分を厳しい目で見据えている男に向かって、正直にこう言った。

「だけど、下僕として僕がすべきことっていうのが、ちょっと記憶が曖昧《あいまい》で」

すると男は、険しい面持ちのままで言った。

「俺はお前に、俺のために働き、俺の餌になれと言った。下僕というのは、主に支配される存在だ。お前の身も心も、あの契約を交わして以来、すべて俺のものだ」

「……すべて」

「ああ。俺の命令に従え。俺を満足させられるよう、己を磨け。端的に言えば、それが下僕の務めだ」

切り口上でそう言うと、男は二つの湯呑みに茶を注ぎ分け、きっぱりと言った。

「飯が冷める。食え」

それもまた、「ご主人様」の命令の一つなのだろう。

正路は、半ば諦《あきら》めの心境で「はい」と従順に返事をして、男と差し向かいの位置に置いた座布団に座った。

「いただきます」

正路は礼儀正しく挨拶《あいさつ》をしたが、男のほうは何も言わずに食べ始める。

やはり、食べ方もせっかちだ。

大口で頬張っているわけでも掻《か》き込んでいるわけでもないのだが、箸《はし》の動きが異様に速い。実に正確に美しく、鮭の身が箸の先で解《ほぐ》され、骨が取り除《の》けられていく。

感心しながら、正路も自分の鮭を解し、ごはんに載せて頬張ってみた。

「美味しい！」

思わず、子供のように無邪気な声が出た。

皮だけでなく、身も表面もパリッとするように焼き上げられた鮭は、塩加減がほどよく、脂の乗りも上品だ。

青菜は、正路が知らない種類の野菜だった。平べったい軸と葉をしていて、緑色はごく淡い。全体的に驚くほど軟らかく、薄味の出汁がよく浸《し》みていた。

味噌汁は焼き茄子の皮を剥《む》いて、大ぶりに切ったものが実になっていて、そのシンプルさがとても潔い。焼き目の香りが、白味噌の甘さを少し引きしめている感じもする。

久しぶりの食事なせいだけでなく、素材の良さと調理の腕前が揃ってこその旨《うま》さだ。

思わずがっついてしまっていることに気付いて、正路は慌てて箸を置き、気を落ちつかせるために男が煎れてくれたほうじ茶を飲んだ。

「ん？」

あれだけ丁寧に煎れてくれたのだ、当然旨いと期待して飲んだほうじ茶の味に、正路は思わず小さな声を上げてしまった。

「どうした？」

静かに速やかに食事を進めつつ、男は訝《いぶか》しげに正路を見る。

「あ……えっと、その」

正直な感想を言えばあまりに無礼かと、正路は口ごもる。すると男は、ピシャリと言った。

「主に隠しごととはけしからんな。これからは、包み隠さず何でも言え」

「で、でも。失礼なこととか、怒らせちゃうこととか……」

「どう応《いら》えるかは俺が決めることだ。お前の浅慮など必要ない。で、茶がどうした？」

命の恩人に詰問されては、答えざるを得ない。正路は、おずおずとこう言った。

「いえ、僕の知ってるほうじ茶と味が違うなって。何だか……ええと、すみません、焦げ臭い、かな」

叱責《しっせき》を予想して、正路は首を縮こめる。

しかし男は、こともなげに同意した。

「そうだな」

「えっ？」

「これは、京番茶だ」

「きょう……番茶？」

「京都の昔ながらの番茶だ。炒《い》り番茶ともいう。茶葉を揉《も》まずに大ぶりなままで乾燥させ、炒るとこうなるらしい」

「へえ！」

初めて聞く茶の名前や製造法に、正路は目を見張った。男は、口角を微妙に上げ、淡い微笑を浮かべてこう続けた。

「俺も初めて飲んだときは、こんな落ち葉のような見てくれの煙臭いものをありがたがって飲むのかと小馬鹿にしたものだが、慣れれば旨い。ここの先代店主夫婦が、好んで飲んでいた」

男のどこか柔らかな表情と、最後のひと言に滲《にじ》む温かみに、正路は少し驚いて素直な問いを発した。

「先代店主ご夫婦？　ここ、お店なんですか？」

すると男は、ほうじ茶を一口飲んでからボソリと答えた。

「忘暁堂《ぼうぎょうどう》」

「……すみません、何て？」

「暁を忘れる堂と書いて、忘暁堂という。夜が深くなるのも忘れて、店を訪れる人と朋友《ほうゆう》のように語り合いたい……そんな願いを込めて、先代店主がこの店を開くときに掲げた名だ。人間は、親しくなるとかく喋《しゃべ》りたがる、奇妙な生き物だな」

「素敵な店名じゃないですか」

正路は、本心からそう言った。人づきあいが下手で、誰ともそんな風に時を忘れて語り合ったことがない彼としては、「先代店主」のそんな望みが、とても眩《まぶ》しく思われたのである。

とはいえ、男の話で、また謎が深まってしまい、どこから訊《たず》ねればいいのか、正路はさっぱりわからなくなってしまった。

「あの、それで、この『忘暁堂』は、何のお店なんですか？　もしかして、そこにある……ガ、えっと色んな品物を、売ってるとか？」

「もしや、ガラクタと言いかけたか？」

「いえ！　そんなことは！」

せっかく和みかけていた男の目が、また日本刀のように鋭い光を帯びる。正路は慌ててぶんぶんと首を横に振った。

「言葉に気を付けろ。ここにある品々は、皆、魂を持っている。無礼を働けば、相応の報いを受けるぞ」

「品物に、魂が？　それって、米粒一つ一つに神様がいる的なことですか？　お祖母《ばあ》ちゃ、いや、祖母がよくそう言って、お茶碗《ちゃわん》にご飯粒を絶対残すなって言ってたのを思い出したんですけど」

　すると男は、呆《あき》れ顔で首を振った。

「神の大半は、人の心が生み出したものだ。米粒にいると言うなら、人がそこに神を配したんだろう」

　男の言葉の意味がよく理解できず、正路は上手《うま》く返答できずに困り顔で口を閉じてしまう。男はそれに構わず、再び箸を取った。

「先代は、骨董《こっとう》商と古道具屋を兼ねたような店を営んでいた。店を継いだ俺も、似たような商いをしているということになるんだろう」

「骨董屋さん、なんですね？　なるほど。あの、それで」

　ようやく男の職業がおおまかにではあるがわかったところで、正路は背筋を伸ばし、思いきって根源的な質問を男にぶつけてみた。

「ご主人様とか下僕とか、そんなことになっといて今さらなんですけど、僕、足達正路って言います」

　男は実に綺麗《きれい》に茶碗のごはんを平らげ、「知っている」とつまらなそうに言った。

「契約を交わしたとき、お前が名乗った」

「そうでした！　だけど、僕のほうは、あなたの名前を知らなくて」

「そういえばそうだったか。名などに大した意味はないが……司野《しの》」

まるで女性のような名に、正路は意外そうに小首を傾げた。

「しの、さんですか？　名前が？　あ、もしかして名字が？」

「姓は、辰巳《たつみ》という。名が司野だ。野を司《つかさど》ると書いて、司野。我が主《あるじ》が名付けた。辰巳も、主の姓だ。便宜上、俺も使っている」

「……ちょっと待ってください」

　せっかく少しずつ色々な情報を得て、男、もとい司野の素性がわかりかけてきたところで、新たに大きすぎる謎が発生したことに耐えかね、正路は思わず右の手のひらを食器越しに司野のほうへ突き出してしまった。

　その仕草を無礼に感じたのか、司野は端麗な顔を惜しげもなくしかめる。

「お前の質問にわざわざ答えてやったのに、待てとは何だ」

「すみません。ほんとにすみません。だけど、滅茶苦茶《めちゃくちゃ》混乱しちゃって」

「何を混乱することがある」

「辰巳さんは」

「俺のことは、司野と呼べ。辰巳は、さっきも言ったとおり、主の姓だ。俺は借りているに過ぎん」

「それですよ！　じゃあ、司野さんは」

「司野でいいと言っている」

　正路は、さすがに閉口して抗議した。

「そんな！　だって、司野さんは見るからに僕より年上ですし、しかも……その、ご主人様、なわけでしょう？　呼び捨てにするわけにはいきませんよ」

　だが、司野のほうも少しも引き下がらない。ムッとした顔のままですぐにこう言い返してきた。

「呼び捨てで構わん。喋り方も、そう堅苦しくするな。長々と鬱陶《うっとう》しい。余計な言葉が多すぎる」

「それこそ無理……」

「何が無理だ。もってまわったような語り口は気に入らん。短い言葉で、率直に語れ。俺とて、我が主には今と変わりない口ぶりで話していたぞ」

「それ！」

「……あ？」

「それ！　我が主って！」

　あまりのことに、普段の引っ込み思案も口下手もごく自然にかなぐり捨て、正路は軽く身を乗り出した。

「それは、先代のここの店主さんとは違う……？」

「違う。お前は何を聞いていたんだ。俺の下僕はどうにも愚鈍だな。先代店主は、この店の主だった人間に過ぎん。我が主は、かつてこの俺を支配していた、いや、死して久しい今も、呪《しゅ》で俺を縛り続けている厄介な男だ」

「……しゅ？」

「呪《のろ》い、呪《まじな》い。お前たちの言葉でいえば、そんなものだ。いずれも根は同じことだがな」

「呪い……。司野さん、誰かに呪われてるんですか？」

そう言うなりジロリと睨《にら》まれ、正路は酷《ひど》く躊躇《ためら》いながらもごもごと言い直した。

「し、司野、は、誰かに呪われてる……の？」

同年代の他人とすら、そんな風に気さくに会話ができたためしのない正路だけに、まだ実感がないものの、ご主人様である司野相手にタメ口をきくのは、彼の心の声をそのまま持ち出すなら、まさに「無理ゲー」である。

だが、司野はそれでいいと言うように軽く頷《うなず》き、口を開いた。

「ああ。でなければ、こんなところで骨董商の真似事などしていない。まったく、忌々《いまいま》しい男だ。解き放たれたときは、これで自由に振る舞えると思ったんだがな。甘かった」

「ごめんなさい、マジでちょっと待ってくださ……待って」

とうとう両手でこめかみの辺りを押さえてしまいながらも、正路は必死で得たばかりの情報を整理しようとする。

「つまり、司野さん、もとい司野は僕のご主人様で、その司野にもご主人様がいて」

「うむ」

「司野のご主人様はもう亡くなっているけれど、生前から今に至るまで、司野を呪っている。そして、司野はそのことで不自由している……？」

「そのとおりだ。わかっているじゃないか」

「いや、文脈はわかってるんだけど、中身がまったく頭に入ってこないっていうか、そもそも」

正路の両手が、ゆっくりと自分の頭から離れ、腿《もも》の上に落ちつく。正路は、心の中にもんやりと湧き上がる不安と恐怖を押さえつけながら、小さな声で問いかけた。

「司野は……いったい、何者なの？」

すると司野は、いかにも意外そうに、鋭い目を見開いた。

「何者か、だと？　もうわかっているとばかり思っていた。先刻、お前が自分で言っていただろうに」

「へ？　僕、何か言いまし……い、言った？」

キョトンとして自分を指さす正路に、司野は最後に味噌汁《みそしる》を飲み干し、食事を終えると、サラリと言った。

「お前は言ったぞ。『そんなこと、人間にできるはずがない』と」

「あっ」

正路は、息を呑《の》んだ。

（確かに言った！　ボロボロになって死にかけていた僕の身体をこんな風に「繕って」しまうなんて、人間にできるはずがないって。言ったけど……）

「そういえば司野も、『人間にそんなことができてたまるか』って言ったよね。ってことはまさか、いやそんなわけないよね。司野はどこから見ても人間だし」

「それが褒め言葉のつもりなら、折檻《せっかん》が必要だな」

「ええっ？」

ブスリとした顔つきで物騒なことを言い出す司野に気圧《けお》され、正路は思わず片手を畳について後ずさろうとする。

そんな彼に、司野はさっき茶の話をしていたときのような平静な声でこう告げた。

「俺は、妖魔《ようま》だ」

「……はい？」

「妖《あやか》し、化け物、鬼……お前たちの言葉は多岐に亘《わた》りすぎて面倒だが、この世のものならぬ存在。それが妖魔だ。俺はその端くれだな。この上なく優秀な端くれだが」

「妖し……妖魔」

「ああ」

「つまり、人間じゃない？」

「そう言っている」

今度こそ、正路は絶句した。

（危ない人だ。普段なら、絶対そう思ってなりふり構わず逃げ出すところだけど、この人は。いや、人じゃないって言ってるけど、便宜上この人は）

脳内での考え事まで若干混乱した状態で、正路は必死になって思考を巡らせる。

（僕の命を助けてくれた。それは事実だ。下僕って何をさせられるのかちょっとまだよくわかってないけど、ベッドに寝かせてくれて、こうしてごはんも食べさせてくれた。怖いけど、どう考えても親切ではあるよね）

ぶっきらぼうな言動をされるので、ついオドオドしてしまうが、司野が自分にしてくれたことを数え上げてみると、どれも恩義を感じざるを得ないことばかりだ。

それに気付くと、正路の心から、恐れの感情が少し薄らいでいく。

「でも、司野はどこから見ても人間だよ？　また怒られるかもしれないけど」

勇気を出して言及してみると、司野はまた舌打ちした。

だがそれは、正路に苛立《いらだ》っているというより、誰か他の……正路が思うには、「亡きご主人様」に腹を立てているようだった。

どうやらその推測は正しかったらしい。司野は、不機嫌に、それでも律儀に説明を試みた。

「俺は大昔、人を喰《く》らう妖魔だった」

再び、正路は、今度は右手で額を押さえる。

「また、極端に物騒な昔話が来た……！」

「何なんだ、お前は。いちいち俺の話に水を差すな！」

「ごめんなさい！　でもそれってそもそも、いつの話？」

「ほぼ千年前だ。お前たちが言うところの、平安時代というやつだな」

「……平安時代」

驚きも限度を超すと、感情が振り切れてむしろフラットになってしまうらしい。そんな新たな発見をしつつ、正路は妙に冷静に問いかけた。

「平安時代には、司野は人間を食べてたの？　僕の脚を齧《かじ》ってたときみたいに。あれ、本当にやったことだよね？」

司野は、さも当然というように頷く。

「ああ。あの頃は、結界の綻《ほころ》びから都に入り込み、手当たり次第に人を捕まえ、引き裂き、喰らっていた」

「それを当たり前みたいに語られると、僕はどうリアクションしていいかわからないよ」

「ならばするな。ただ聞いていろ」

すげなくそう言って、司野は凄惨《せいさん》な思い出話を淡々と続ける。

「安倍晴明《あべのせいめい》はなかなかに手強《てごわ》い男だったが、奴亡き後は、俺をねじ伏せられる陰陽師《おんみょうじ》や法師はいない。そう高を括《くく》っていたのが、俺の甘さだったんだろう。陰陽師としての力量はずば抜けていなくても、知略に富み、蛇のように執念深い男の狡猾《こうかつ》な罠《わな》に掛かり、俺は無様にも捕縛された」

「もしかして、それが、司野の亡くなったご主人様？」

「そうだ」

司野はいかにも不愉快そうに口元を歪《ゆが》める。

「てっきり殺されると思っていたら、あの男……辰巳《たつみ》辰冬《ときふゆ》は、酔狂にも、この俺を式にすると主張し、陰陽寮の連中を説き伏せた。都の脅威になるような力ある妖魔なら、式として従えることができれば、都にとってむしろこの上なく頼もしい守護の力になると。ここで殺してしまうより、末永く罪を償わせるが得策。奴はそんな勝手な言い草で、上役たちを丸め込んでしまった」

「式っていうのは、下僕ってこと？」

「そうだな。陰陽師が使役する妖しのことを、式神、式と呼ぶ」

「なるほど。その、辰巳……」

「辰冬」

「辰冬さんが、司野のご主人様になったんだね」

司野は、どこか遠いところを見るように、虚《うつ》ろな眼差《まなざ》しを虚空に向けた。

「あのとき、辰冬は俺を司野と名付け、その名をもって俺に呪《しゅ》をかけた」

「どんな呪……呪いを？」

「俺の力を大きく削《そ》ぎ、俺の魂を、この人間の身体に閉じこめた。以前は如何《いか》なる姿にもなれたが、今は、弱れば実体さえ持てぬ不可視の魂に堕《お》ち、それなりに力を得たところで、辰冬が俺に与えたこの姿にしか戻れない」

そう言って軽く両手を広げてみせた司野の姿を、正路はしげしげと眺めた。

轢《ひ》き逃げされて瀕死《ひんし》だったときの衰えた視覚すら、司野をこの世の者とは思えない美しい人と認識した。

今、健やかな両目で見る彼も、やはり信じられないほど美しい。

卵形の輪郭、左右対称の、いかにも和を感じさせるスッキリした造作。それを包み込む、軽くウエーブした耳に掛かる長さの髪。

いかにも現代的な、おそらくは「醤油《しょうゆ》顔」と呼ばれるであろう系統のずば抜けた美形だが、それは平安時代の絵巻で見るおたふく顔の貴族たちのそれとはまったく違っている。

「司野の顔は、今っぽいよね。でも、その顔とか身体とかは、平安時代にご主人様から貰《もら》ったものなんだよね？」

「貰ったのではない。押しつけられたんだ」

生真面目に訂正し、司野は片手で自分の頬を乱暴に擦《さす》った。

「福々しい顔は、お前には似合わない。猛々《たけだけ》しく、しかし思慮深い顔と、大きな身体を授けよう。辰冬はそう言っていた」

「猛々しく、思慮深い顔。なるほど。大きな身体っていうのも、確かに平安時代ならずいぶん大柄だったんだろうな」

司野は渋い顔で頷《うなず》く。

「そのせいで、よくあちこちに額を打ち付けた。まったく、辰冬の奴は、言うことすること、すべてが忌々《いまいま》しかった」

「大きな身体には、何か理由があったの？」

好奇心から正路が訊《たず》ねると、司野は仏頂面で投げつけるように答えた。

「棚のいちばん上に並べた巻物を取るのに便利だと。あとは、屋敷の庭にあった柿の実をもぐのにも重宝に違いないと」

「ブフッ」

思いもよらない他愛ない理由に、正路はつい噴き出してしまう。司野は、キリリと目を吊《つ》り上げた。

「主《あるじ》を笑うか！」

「ご、ごめん。でも、まさかそんなこととは……か」

（可愛い！）

思わず言いかけた言葉を、正路は危ういところで呑《の》み込んだ。さすがに「可愛い」と口に出してしまえば、司野は激怒するに違いない。

片手で口を塞《ふさ》ぎ、俯《うつむ》いて、必死で笑いを噛《か》み殺しながら、正路はふと、こんな風に笑ったのはいつぶりだっただろうと考えた。

（誰かとこんなに長くプライベートなお喋《しゃべ》りをするのも、笑ったのも、前はいつのことだっただろう。思い出せないや）

誰とも打ち解けられない自分が、自称妖魔《ようま》のご主人様相手に、こんなに自然に話し、笑っている。

そんな事実に驚くばかりの正路に、司野はまだ軽く怒ったままで付け加えた。

「もう一つ。生きている人間を捕らえて喰らうことも、厳しく禁じられた。その命《めい》を違《たが》えれば、たちまち俺の魂は霧散する」

「ん？　それは変じゃない？」

心に湧き上がった疑問が、上手《うま》い具合に笑いの発作を引っ込めてくれた。正路は、真顔に戻って、司野の話の矛盾を指摘する。

「だって、出会ったとき、司野は僕の脚をもりもり食べてたじゃないか！」

すると司野は、ニヤリとして、舌先でチロリと唇を舐《な》めた。まるで正路の血肉の味を思い出しているような仕草に、正路は思わず身を竦《すく》める。

「喰ったとも。だが、俺はお前を捕らえてはいない。あの脚は、お前の身体から離れていたからな。地面に落ちていた脚を拾って喰らっただけだ」

「そんな屁理屈《へりくつ》!?」

「呪とはそういうものだ。上手くかけたつもりでも、いつかどこかに綻びができる。おかげで、千年ぶりに旨《うま》い血肉にありつけた」

「再び待って。あの、もしかしなくても司野、僕に、『餌になれ』って言った？」

「言ったとも。下僕の務めの一つだ」

正路は、信じられない思いで、ちゃぶ台の上の、途中まで食べた塩鮭を見下ろした。

「つまり、この美味《おい》しいごはんの一環みたいな感じで、僕の身体をもいで食べるつもり？　でも、今度はどこもちぎれてないよ？　捕らえて喰らうのは、駄目なんでしょう？」

正路の目に隠しようのない怯《おび》えを見てとった途端、司野の双眸《そうぼう》が変化した。

もともと色素が薄く、茶色い虹彩《こうさい》が猫のような金色に変わり、丸かった瞳孔《どうこう》が縦に長く細く変形する。

「！」

「捕らえなければいい」

口角を高く上げ、司野は歌うように言った。

「え……」

「お前は俺の下僕だ。捕らえずとも、お前は俺の命令に背くことはできん。俺が命じれば、お前はみずから手だろうが足だろうが喜んで差し出すことになる」

「そ、それは」

「逃げてみるか？　三歩と歩まぬうちに、お前の心臓から噴き出す血が、そこいらの古道具を軒並み朱に染めるだろうな」

突然、人の姿のままで妖魔の本性を覗《のぞ》かせる司野に、正路は蛇に睨《にら》まれた蛙のように硬直し、瞬《まばた》きすらできなくなる。

だがそれは、司野の悪ふざけだったらしい。

彼はすぐに両目を元の人間のそれに戻すと、ふっと笑ってこう言った。

「だが、お前の手足をもいで喰《く》うと、あとが大変だからな」

「……えっ？」

「人間の身体を繕うのはもっと容易《たやす》いことだと思っていたが、やってみるとなかなかに難儀だった」

そう言いながら、司野はさっきのお返しとばかり、正路の全身をジロジロと凝視した。

「特に、俺が欲張って齧《かじ》ったせいで、その右脚を元に戻すのに骨が折れた。せっかくお前の血肉を喰らって得た力を、根こそぎ使う羽目になったぞ。これでは割りが悪すぎる」

「そんなことで、コスパが悪い話をされるとは思わなかったよ」

力なく首を振りつつ、少しだけ安堵《あんど》して、正路は長く息を吐いた。

「でも、とにかく僕の手足をもいで食べる案は消えたんだね？」

「そうだな。元に戻さなくていいなら……」

「戻してください。っていうか、食べるのは諦《あきら》めて。でも、それじゃ、僕の何を食べるつもり？」

「それは追々考えるとしよう。まず、お前はせいぜい飯を食って、身体を元に戻せ」

司野の言葉に、正路は自分の両の手のひらを見た。

「もう、戻ってるよ？　司野が戻してくれたんじゃないか」

　だが、司野は小さくかぶりを振った。

「完全ではない。俺は、俺の力をもって、お前の肉体の再生能力を高め、足りないところを適当に埋めただけだ」

「適当にって！」

　なるほど、痣《あざ》の一つくらいは平気で見過ごすわけだと、正路は変なところで納得してしまう。

「まだ、細かいところで治りきっていない組織や、繋《つな》がりきっていない組織があるだろう。そこは、お前がみずから治せ。そこまでは面倒を見切れん」

（なるほど、それで全身が痛いのか。これ、治りきってませんっていう、僕の身体の主張だったんだな）

　しみじみと、両手の指を少しだけぎこちなく曲げ伸ばししている正路に、司野はこう言った。

「いいから、早く飯を食ってしまえ。それからお前……ねぐらはあったのか？」

　正路は再び箸《はし》を取り、頷く。

「ねぐらって……。アパートに住んでる」

　すると司野は、いかにもご主人様然とした態度でこう命じた。

「ならば、とっとと引き払ってこい」

「えっ？」

驚く正路に、司野は頭上を指さす。

「下僕なら、主のもとで暮らすのが当然だろう。さっき、お前が寝ていた部屋をくれてやる。好きに使え。ただし、物を置く場所はないぞ。荷物は捨ててこい」

「僕、ここで暮らすの？　司野と？　えっと、ここには他に誰か」

「いない。お前と俺だけだ」

「なる、ほど？」

「わかったら、さっさとやれ。下僕が、主の命にいちいち異を唱えるな」

せっかくリラックスしていた司野が、また生来のせっかちさを発揮して、イライラし始める。

「わかりましたっ！　じゃない、わかった！」

慌てて了解の返事をすると、正路は、悲しいかな、すっかり冷めてしまった、それでも十分に美味しい塩鮭の残りを、ごはんと一緒に口いっぱいに頬張った……。

三章　新しい日常

「あらーっ、もう運び出しちゃったの！」

甲高い驚きの声に、窓枠を拭《ふ》いていた正路はビクッとして振り返った。

玄関扉を開けっぱなしにしていたので、勝手に入ってきたのだろう。そこには、正路が一年暮らしたアパートの管理人夫婦の妻のほうが立っていた。

正路の部屋は二階にあるが、管理人夫婦は一階の角部屋に住んでいて、住人たちの生活態度に目を光らせている。

深夜に大きな音を立てると、誰より先に管理人が飛んでくるので、若干の恐怖政治感はあるものの、アパート内の風紀は高水準に保たれていて、自宅で勉強したい正路にとってはいい住まいだった。

管理人といっても特に雇われているわけではなく、妻の親戚《しんせき》がこのアパートを所有していて、夫婦はただで一室に住む代わりに、管理の仕事を引き受けているらしかった。

毎月、夫婦のどちらかが直接家賃の集金に来るので、正路にとってはすっかり馴染《なじ》みの顔である。

「あっ、こんにちは、管理人さん」

「はい、こんにちは」

おそらく四十代後半から五十代前半くらいに見える管理人の妻のほうは、愛用のジャージ姿でズカズカ近づいてくると、顔見知りの気安さからか、明らかな呆《あき》れ顔で正路を見た。

「あんた、何をやらかしたの？」

「えっ？」

雑巾《ぞうきん》を片手に持ったままの正路が思わずギョッとすると、管理人は六畳一間の室内を大袈裟《おおげさ》な身振りでぐるりと示した。

「だってさあ、昨日の昼前にいきなり訪ねてきて退去する、でしょ？　で、翌日の昼には部屋がすっかり空っぽってあんた」

夜逃げレベルの素早さじゃないの、とそこだけ声をひそめ、管理人は下世話な好奇心を丸い顔じゅうに漲《みなぎ》らせる。

正路は、たちまち言葉に詰まってしまった。

「あ……えっと」

さすがに、顔を合わせたときの挨拶《あいさつ》と、せいぜい家賃を支払うときの一言二言の世間話程度しかしたことのない人に、ことの顛末《てんまつ》を正直に打ち明けることはできない。話しても問題がない範囲はどこまでだろうと思い悩んでいるうちに、管理人は焦《じ》れて話題をさっさと変えた。

「それにしても、見事に空っぽ。部屋の中のもん、前もって売り払ってたの？」

正路は曖昧《あいまい》に否定した。

「いえ、あの……ものを譲るアプリ」

それでピンと来たらしい。管理人は大きく何度も頷《うなず》いた。

「あーあーあー、アレね！　アレ、便利そうよね。あんた、一年しか住んでないんだから、家具も綺麗《きれい》だったでしょ。引き取り手もすぐ見つかるはずよねえ」

そのとおりですと言う代わりに、正路は小さく頷いた。

そもそも家具といっても、六畳一間に置けるものなど限られている。

単身者用の冷蔵庫と、樹脂製の衣装ケースが二つ、折りたためる小さなテーブルと座椅子、本棚代わりの段ボール箱、スティックタイプの掃除機に、あとは布団程度である。

昨日、司野にアパートを引き払って越してこいと命じられた正路は、すぐにここに戻り、管理人に退去したい旨を伝えたあと、部屋の片付けに取りかかった。

家具については、もらい手が本当につくのだろうかと不安に思いつつ、地元住人のみを対象に、直接物品を譲ることができるアプリケーションに登録してみたところ、驚くほど素早い反応があった。

今思えば、登録して一時間と経たないうちに軽トラックで乗り付けてきた男は、その手の中古品を扱う業者だったのだろう。

驚く正路をよそにテキパキと品定めを行うと、「写真に偽り無しの、まだ新しいもんばっかりだね」と喜んでみせ、「他にも処分に困ってるもんがあるでしょ。何でも一緒に引き取ってあげるよ」と言った。

親切ごかしの言い様だったが、実際のところ、男は正路に不用品をより分ける時間など与えなかった。あれもこれもと手当たり次第に持参の大きな袋に詰め、僅《わず》かな金を置くと、疾風のように去っていってしまった。

カーテンや物干しロープ、調理器具、さらには処分しようとまとめてあったタオルや衣服、ゴミ箱まで根こそぎ持ち去られ、正路がただおろおろと立ち尽くしているあいだに、室内はすっかり空っぽになっていたというわけだ。

「あんた、いつ来ても部屋の中は片付いていたし、身なりもこざっぱりしてるし、きっと何でも綺麗に清潔に使う人でしょ。要らないものがあったら引き取ってあげようと思ったんだけど、先を越されちゃったかあ。みんな、考えることは一緒よね」

下心を隠しもせずにあっけらかんとそう言い、管理人は、急に正路と距離を詰めた。

そして、細い目で探るように正路の顔をジロジロ見た。

「ねえ、それで、何やったの？　ほら、アレよ。あんたが出ていったあと、筋の悪い人が訪ねてきでもしたら、こっちが迷惑するからさ。正直に言ってちょうだいよ」

突然話題を戻され、しかもあらぬ疑いをかけられて、正路は慌てて首を横に振った。

焦るといつも以上に言葉が出てこなくなるのは、正路の子供の頃からの悪い癖だ。

そのせいで、きちんと弁解、あるいは説明できてさえいれば避けられた濡《ぬ》れ衣《ぎぬ》を着せられたり、まったく見当違いな誤解を受けたり、とにかく損ばかりしてきた。

「あ……あの」

正路が尋常でなくアワアワするのを見て、管理人はますます疑わしげな顔つきになる。

「何なの、言えないようなこと？　まさか、警察に追われるような……」

「大学、落ちて！」

だが今回に限っては、必死で口にしたその二言が功を奏した。

彼女はたちまち納得顔になると、むしろ気の毒そうに、肉付きのいい手で正路の二の腕をシャツの上からポンポンと叩《たた》いた。

「あらぁ、そう。大学受験、駄目だったのぉ。何度目？」

「二度目、です」

「あーあー、わかったわ。それでここ引き払って、郷里に帰るのねえ。可哀想に」

　事実はそうではないのだが、今回に限っては、誤解されたままのほうがむしろ話が早くてありがたい。正路は曖昧に頷いて、「お世話になりました」と、昨日も口にした挨拶を繰り返した。

　すっかりスッキリしたらしき管理人は、片手をヒラヒラさせて愛想良く言った。

「いいのよぉ。あんた、陰気だし無口だし、若いのに覇気がないのが来ちゃったって最初こそ思ってたけど、静かに綺麗に住んでくれて、あたしとしちゃあ、ありがたかったわ。家賃の滞納もなかったしね」

　貶《けな》されるのと褒められるのとをほぼ同時にやられると、正路はどう反応していいかわからず、間の抜けた愛想笑いをすることしかできない。

　相づちも打てない彼のことなど無視して、管理人は室内をぐるりと点検して回った。

「どっちかって言やぁ、二〇四号室の青木《あおき》さんとかが出てってくれりゃよかったのに。知ってる？　あの人の部屋、いつ行っても天井から変な草が干してあるし、なんだか酸っぱいような甘いような嫌な臭いがするのよね。あれ、ぬか漬けでも失敗してるんじゃないかと思うんだけどね、あたしは」

　正路としては知りたくもない他人の個人情報をペラペラ喋《しゃべ》りながら部屋のチェック

を終えると、管理人は正路の前に戻ってきて、屈託なく話を続けた。

「ほんと、どこもかしこも入居前より綺麗にしてくれて、助かるわあ。ほら、今の時期、田舎から出て来てこっちの大学に通う子たちが部屋を探す時期だから、すぐにでも部屋は埋まるのよ。今日も、問い合わせが何件か来ててね。これならそのまんま入ってもらえて助か……あ。やぁだ私ったら。ごめんなさいねえ！」

自分の失言に気付いたらしく、管理人はごまかし笑いをしながら、今度は正路の腕をバシバシと強めに叩く。

「……気にしてませんから」

さすがに迷惑そうな顔で、それでも正路はあくまで礼儀正しく管理人に鍵《かぎ》を返却し、掃除を終えたらすぐに去る旨を告げた。

お礼の菓子折は昨日の退去の連絡のときに持参したので、管理人はいい笑顔で、「ちょっとしたゴミなら捨てといてあげるから、持ってらっしゃい」と言い残して去っていった。おそらくそれが、彼女にとっては最大級のサービスのつもりなのに違いない。

「……はあ」

扉が閉まってから数秒後、正路はようやく安堵《あんど》の息を吐き、もはや何もない部屋の真ん中に胡座《あぐら》をかいてみた。

（去年の春、この部屋に来たときも、何もなかったな。勉強とバイトしかしない一年

だったけど、少しずつ物が増えて、やっと自分の部屋って感じになったと思ったのに、また振り出しに戻っちゃった）

　そのままバタンと仰向《あおむ》けに寝てみると、古い畳独特の臭いが鼻を掠《かす》めた。こればかりは、まめに拭《ふ》き掃除をしてもどうにもならなかったことの一つだ。

「リセット」

　つい、そんな言葉が口をついて出る。

　受験に失敗したとき、自分の将来設計を一度リセットしなくてはならないと感じてはいたが、実際に起こったのはもっと根源的な、命のリセットである。

轢《ひ》き逃げされて死にかけたのは……いや、ほぼ死んだのは、たった五日前のことだ。そこからの激動の展開を思うと、寝転がったままでも眩暈《めまい》がする。

（いや、激動っていっても、そのうち三日は寝てたんだっけ。正味二日で、こんなに環境って変わるものなんだな）

　両手を上げ、顔の前にかざしてみると、窓から差し込む明るい早春の光が、手のひらのシルエットを赤く浮かび上がらせる。

　その赤は、皮膚の下を流れる血の色だ。

　全身を、末梢《まっしょう》までまんべんなく血液が巡っている。生きている。

　そんな当たり前の事実が、死の淵《ふち》から驚愕《きょうがく》の経緯で引き戻してもらった正路には、今も少し信じがたい。

拳《こぶし》を軽く握り、開いてみると、まだ軽い痛みが走る。それでも、昨日、目覚めたときに比べれば格段に楽になった。身体の他の部位も同様だ。

おかげで、今日は朝からこうしてアパートにやってきて、部屋の掃除をすることができている。仕上げの雑巾《ぞうきん》がけも、特に問題なく終えた。

「でもまだ、微妙に慣れないや」

正路は、自分の両手を見上げながら、少し困惑気味に呟《つぶや》いた。

昨日、覚醒《かくせい》して以来、どうも両手の指に違和感があった。上手《うま》く表現できないが、手を使って何かするたび、「思っていたのと違う」と脳が訴えてくるのだ。

楽器にたとえれば、調弦が上手くいっていないギターを弾いているような感じだろうか。

それを遠慮がちに伝えると、司野はこともなげにこう言った。

「ああ、全身の釣り合いを考えると、お前の指はもう少し長いほうがいいと思ったのでな。少しばかり伸ばしておいてやった」

さすがに冗談かと思ったが、司野は真顔だった。

実際、そう言われてみれば、「思っていたのと違う」の原因は、それとしか考えられないのだ。

何げなく物を取ろうとすると、対象物に予想より一瞬早く指先が当たってしまうことや、シャツのボタンをはめるとき、指を微妙に持て余す感覚があること、箸使《はしづか》いが急に下手になったこと、ペンを持ちにくいことなども、すべて「指を長くされたせい」で説明がつく。

そんな勝手なことをして貰《もら》っては困るとクレームをつけたいところだが、相手は命の恩人、しかも契約によって正路のご主人様になった人物、もとい妖魔《ようま》だ。不平を言うのは僭越《せんえつ》というものだろう。

しかも……。

「悔しいけど、確かに元より綺麗《きれい》になってるんだよね、我ながら」

ほんの少し悔しげに口を尖《とが》らせ、正路は両手を見つめた。

今の自分の体はどこもかしこも、司野の言葉を借りれば、彼が「繕って」くれたものだ。

知らないうちに、自分の肉体が生まれてからずっと付き合っていたのとは少し違うものに造り替えられてしまったことに、未《いま》だに複雑な感情がある。

それが怒りなのか、困惑なのか、寂しさなのか。自分の心でありながら、正路にはよくわからない。もしかしたら、そのすべてが入り交じっているのかもしれない。

ただひとつ確かなのは、彼はこの先の人生を、この新しく繕われた肉体で生きていくしかないということだ。

(でも、産んでくれたお母さんには、なんか申し訳ないな。お母さんがずっと愛《いと》おしんでくれた「あんよのトンカツ」、司野にむしゃむしゃ食べられちゃったもんな)

右のふくらはぎに貼り付くようにずっと存在していた小さな痣《あざ》は、無論、生きていく上ではまったく必要のないものだ。まれに悪性化することもあるらしいので、ないほうがいいとも言える。

痣ひとつが消えたことで、司野に文句を言おうなどとは、はなから思っていない。

ただ、なくなってみると、なんとも物寂しい喪失感がある。

(トンカツ……僕の身代わりになってくれたって思うしかないかな)

何とか自分を納得させようとそんなことを考えていると、窓枠に置いてあったスマートホンが、突然着信音を響かせた。

この壁が薄すぎるアパートでは、スマートホンは常にマナーモードで使うというのが管理人との約束だ。

契約を解除してから叱られるのではどうにも格好がつかないので、正路は飛び起きて窓に駆け寄り、スマートホンの通話ボタンを押した。

『正路か。おう、お母さんから聞いだぞ。受験、駄目だったんだってな』

あまりに慌てたので誰からの電話か確かめずに通話を始めてしまったのだが、スピーカーから聞こえてきたのは、これまた久しぶりの父親の声だった。

（噂をすれば影だったらお母さんのはずなのに、お父さんだった！）

謎のフェイントを食らった気分で、正路は片手でドキドキする心臓を宥《なだ》めながら口を開いた。

「あ、うん。迷惑かけてごめんね」

『なんもなんも』

母親がそうだったように、父親もすぐにそう言ってくれた。おそらくこの場合は、「気にするな」のニュアンスだろう。

父親は正路と同じく口の重い人なので、実家にいたときは、あまり会話をした記憶がない。こんなに温かな声を出す人だったか、と今さらながらに驚きながら、正路は、ふとあることに気付いた。

（そうだ。住む場所が変わること、ちゃんと伝えておかなきゃ。でも、どうしよう）

何も知らない両親に、「轢き逃げされて死にかけ、でも妖魔の下僕になることで命が助かって、衣食住も保障してもらえることになりました！」などと本当のことを伝えようものなら、おそらく今日のうちに、息子の精神状態を心配した母親が飛んで来てしまう。

（当たり障りのないことを……でも、まったくの嘘はつきたくないな）

迷いは深いが、いつまでも父親がぽつぽつと投げてくる言葉に適当な相づちを打ち続けるわけにはいかない。

正路は、えいやと気合いを入れて、まずは「自動車に轢かれかかったところを、通り掛かった親切な人に救われた」という話から始めた。

嘘をつくときには真実を少し交ぜるのがコツだと、いつか読んだ小説で探偵が言っていた。特にそうしようと思ったわけではないが、家族をあまり心配させないようにと思った結果、そんな虚実を微妙に取り交ぜた説明が自然に出てきたのである。

『どでんしたな！』

驚きをお国言葉でシンプルに表現する父に、正路はドキドキしながらも、少し早口に話を続けた。

「特に、えっと今は、怪我とかはないから！　あと、その親切な人が、骨董屋《こっとうや》さんっていうか古道具屋さんっていうか、そういう仕事をしてて、えっと、げぼ……お手伝いとして下宿させてくれることになったんだ」

嘘ではない、まったくの嘘ではないと心の中で言い訳しながら、正路は司野の住居兼店舗である「忘暁堂」の住所を父に伝えた。

父親は、「ありがたいご縁だ」と喜んだし、「そこで一生懸命お手伝いの仕事をさせてもらって、将来のことは時間をかけて考えればいい」というような意味合いのことを、ぽつりぽつりと言ってくれた。

「また、LINEでもする。お母さんとお祖父《じい》ちゃんによろしくね」

正路がそう言うと、父親は、『たまには電話しろ。お祖父ちゃんには小さい字は読めねえよ』と軽い小言を言い、通話をあちらから終えた。

「はあ……どうにかなった。ほんとのことは、誰にも言えないよね。誰に言っても信じてもらえないだろうし、それに」

正路は、カーテンが持ち去られ、剝《む》き出しになった窓から外を見た。

特に眺望などはない。ただ、目の前の細い路地で、近所のお年寄りが立ち話をしているのが見える程度だ。

(あの夜に司野が言ったとおり、今のところどう考えても、下僕になるって契約、僕には得しかない)

晴れ渡った空を眺めつつ、正路はそんなことを思った。

そう、「半ば無理やり、妖魔の下僕にされた」といえば、いかにも奴隷同然の身の上に落とされたようだが、現実は真逆である。

古い家の小さな部屋とはいえきちんと自室を与えられ、コインランドリーや銭湯へ行かなくても、自宅で洗濯も入浴もできる。

衣服は司野が数日分を買ってきてくれたし、食事も今のところ、司野が三食用意してくれている。

今朝は、目覚めたとき彼はどこかへ出掛けていたが、ちゃぶ台の上には食パンとバター、それにいちごジャムがちゃんとセットされていた。

もはや、奴隷どころか、ご主人様に至れり尽くせりの待遇を受けている状態だ。

昨夜など、司野は正路に、封筒に無造作に一万円札を数枚突っ込んだ「お小遣い」を寄越《よこ》してきた。

さすがに恐縮して辞退しようとする正路に、司野はむしろ怒った様子で、「下僕の面倒も見られない主《あるじ》だと思っているのか」と声を尖らせたので、結局、ありがたく受け取ることになってしまった。

身の回りの物を買えと言われたが、あまりにも申し訳ない気がするので、しばらく手をつけずにおこうと正路は考えている。

（そういえば、アパートを片付けてきますって置き手紙してきたけど、司野、もう帰ってるかな）

スマートホンで確かめると、時刻は午後一時過ぎだった。

時刻を知るなり、まだ身体の細かいところを修理作業中の身体が、「そろそろ栄養を寄越せ」と騒ぎ出す。

「せめて、貰ったお金じゃなく、家具を売ったお金で司野をお礼のランチとかに誘いたいけど、下僕の分際でそれは僭越なのかな」

　ふとそんなことを思いついた正路は、自分のスマートホンを眺め、「あっ」と声を上げた。

「そもそも僕、司野の連絡先を知らないや。『忘暁堂』には固定電話くらいあるだろうけど、司野はスマホ持ってるのかな。そもそも妖魔《ようま》って、スマホ買えるんだろうか」

　素朴な疑問に、正路は首を捻《ひね》る。

　三日にわたる昏睡《こんすい》を挟んだせいで、司野とまともに会話を始めたのはほんの昨日だ。まだまだ司野についてはわからないことが多すぎる。

　あちらは正路自身にはさほど興味がない様子だが、正路としては、やはりご主人様となった人物、もとい妖魔についてはできるだけ多くのことを知っておきたいと思うし、本音を言えば猛烈に興味がある。

　彼の話をどこまで信じればいいのか、実を言うとまだ判断しかねてはいる。

　それでも、「平安時代から生きてきた」と自称する人物に出会ったのは初めてだし、司野がどうでもよさそうに少しだけ聞かせてくれた当時の出来事は、まるで映画のようにワクワクする内容だった。

（安倍晴明のこととか、たとえ作り話でも、もっと聞きたいな。ご主人様の話も。高いところのものを取らせたり、庭の柿の実をもがせたりするために、司野の背を高く

したなんて、きっと楽しい人だ）

そんな明るい要素の一方で、恐ろしいことも既に正路は経験している。

司野が昨日、戯れに一瞬見せた、あの金色に輝く禍々《まがまが》しい双眸《そうぼう》。

縦に細く裂けた瞳孔《どうこう》の中には、吸い込まれそうに深く、絡みつくように濃い闇が広がっていた。

あの目に射竦《いすく》められて、正路は一瞬で動けなくなった。

胸の内を占めていたのは恐怖と畏敬《いけい》の念だが、そこにほんのわずか、「魅了される」という奇妙な感覚が交じっていたことに、今になって思い至る。

あれが、妖魔としての本性の片鱗《へんりん》だとしたら、妖魔とはなんと恐ろしく、猛々《たけだけ》しく、謎めいた、そして美しい生き物なのだろう。

「怖かったけど……とても綺麗《きれい》な、そして、どことなく悲しい目だったな」

司野の眼差《まなざ》しを思い出しながら、正路は小さな溜《た》め息をついた。

窓を開け放てば、早春の少し冷たい、しかし春の柔らかさを帯びた風が吹き込んでくる。日の光は、あくまで温かく、うららかだ。

こんな中で、妖魔のことを考えている自分が、正路にはどうにも不思議でならなかった。

（でも、全部、現実なんだよな）

これからの自分がどうなっていくのか、どうすればいいのか、今は皆目わからないが、とにかく、正路としては、司野との生活にどうにかアジャストするより他がない。

「身体が動くようになったんだから、お世話になるばっかりじゃ申し訳ないよね。早く帰って、まずは家の中で、僕にできることをしよう」

これまでは何かあるごとに、物事を悪いほう、暗いほうへ考えがちだった正路だが、いざ、これ以上の最悪はないところまで落ちた今は、「あとは何をしても現状維持か上がるだけ」という、やけに開放的で、いつになく前向きな気持ちになれている。

「そうと決まれば、さっさとここの掃除を仕上げてしまおう」

気合いを入れるために強めの声で呟《つぶや》いた正路は、バッグの中から持参のクリーナーを取り出し、最後に残していた窓ガラスを拭《ふ》き始めた……。

*　　　*

閑静な住宅街の中に、さりげなく佇《たたず》む古くて小さな一軒家。それが、司野が営む骨董と古道具の店「忘暁堂」である。

周囲には、戦前からあるという広いお屋敷から、数ヶ月前に建ったばかりの低層マンションまで、様々な広さ、デザイン、新しさの住宅や小さな個人商店が混在している。

長い年月をかけて、人が暮らす空間として変化と成熟を続けて来たことがわかる、穏やかで落ちついた雰囲気の街だ。

一年お世話になったアパートの部屋に別れを告げ、電車で「新たな我が家」となる忘暁堂に戻ってきた正路は、愛用の四角くて平べったいリュックサックからキーリングを取り出した。

実家の玄関と農作業小屋の鍵《かぎ》が並ぶ正路のキーリングには、昨夜から新たな鍵が加わっている。司野から渡された、忘暁堂の玄関扉の鍵である。

物語の世界でしか見たことがないような、真鍮《しんちゅう》製の大ぶりな鍵だ。鍵自体の構造はとてもシンプルで、これで今の世の中、防犯面は大丈夫なのか心配になるが、司野は自信満々で、「鍵など飾りのようなものだ」と言っていた。

そういえば、正路が瀕死《ひんし》の状態だったとき、ほとんど声など出ていなかったはずなのに、司野は吐息より弱いその声を正確に聞き分け、ごく普通に会話をしていた。

妖魔というのは、恐ろしく耳がいい生き物であるらしい。だとすれば、泥棒が入ってきたところで、どんな防犯システムより早く察知できる……というような意味合いなのかもしれない。

鈍くて濃い金色をしたその鍵の表面には、たくさんの小さな傷がついていて、この鍵が経た年月の長さを見る者に感じさせる。

正路はまだ慣れない手つきで長い鍵を扉の鍵穴に差し込んだ。

今どきの鍵より少し力を入れて回すと、重厚な木製の扉の内部で、がちゃり、とこれまた重々しい音がする。

解錠された扉を開けると、すぐに聞こえるのは、チリンチリンという硬く澄んだ音だ。扉の内側に南部《なんぶ》鉄器の火箸《ひばし》が二本ぶら下げられていて、扉が開閉すると、互いに当たって音を立てるのである。

真っ昼間だというのに広い土間は薄暗く、壁面の高いところに二箇所だけ切られた小さな窓から、いわゆる天使の梯子《はしご》のように陽光が筋状に差し込んでいる。

「ただいま帰りました」

一声かけて、正路は土間の中央にごく細く確保された通路に足を踏み入れた。

通路の両側には、細身の正路ですら肩に当たるほどギリギリまで、雑多な品物が積み上げられている。

絶妙なバランスを保っているといえば聞こえはいいが、要は崩れないのが不思議なくらい、手当たり次第に置き続け、積み上げ続けた結果だろう。

昨日、この光景を見て以来、何かに似ていると正路はずっと思っていたのだが、ようやくわかった。

　幼い頃に近所の教会で見せて貰った、「モーゼが杖《つえ》で海を割ったところ」にそっくりなのだ。

（あと、アレ。富山県だっけ。立山黒部《たてやまくろべ》アルペンルートの、雪の壁。行ったことはないけど、毎年ニュースで見てるアレにそっくりだ）

切り立った雪壁の高さを、通行する観光バスとの対比で感じさせる映像を思い出し、正路の柔らかそうな頬には、小さなえくぼが刻まれる。

　よく童顔だと言われる彼だが、それは造作が幼げというよりは、頬の優しい丸みや、思春期にもニキビひとつできなかった綺麗な肌に負うところが大きいのかもしれない。

「司野さ……司野？」

　家の中から応答がないので、まだぎこちなく名前を呼び捨ててしてみたが、やはり返事はない。

「まだ帰ってないのかな」

　あちこちから飛び出すアイテムにぶつからないよう、注意深く通路を進んで、正路は一段高い茶の間によいしょと上がった。

　土間の片隅、レジスターが置かれた机の後に、茶の間に上がる短い階段がちゃんとあるのだが、司野が面倒くさがって、ヒョイと直接通路と行き来するのが何だか妙に格好良くて、正路も真似したくなったのである。

悲しいかな、身長差が脚の長さの違いにダイレクトに反映されているので、司野のような軽やかな上り下りというわけにはいかなかったものの、中学高校の講堂で、階段を使わずに舞台によじ登った経験が甦《よみがえ》り、少し楽しい気持ちになれる。

正路は無人の茶の間から、もう一度司野の名を呼んでみたが、やはり反応はなかった。

「やっぱり、まだ帰ってないのか」

ならば一休み、と茶の間のちゃぶ台と分厚い座布団が魅力的に見えるが、ここで座ってしまえば、おそらく尻《しり》に根が生えて動けなくなる。

「司野がいないってことは、音を立てても大丈夫ってことだよね。じゃあ……」

今が、あの埃《ほこり》だらけの自室を掃除する絶好のチャンスだと気付いた正路は、足元に置いた紙袋を見下ろした。そこには、さっきアパートで使ってきた掃除道具がぎっしり詰め込まれている。

「再び出番だよ、お前たち」

そんな言葉でむしろ自分自身に気合いを入れ、正路はまず、リュックから取り出したタオルで鼻と口を覆った。

家の中に入ってきた時点で、早くも鼻がムズムズ、喉《のど》がイガイガし始めている。とにかく、自分の「城」だけでも、まずはアレルギーが起こりにくい環境にしなくては。

「よし、やろう」

紙袋を持ち上げ、正路は元気よく……しかし注意深く、急な階段を上がって自室へ向かった。

小さな家なので、脱衣所に洗濯機を置くことができなかったのだろうか。

この家には、台所の勝手口を出てすぐのところに簡素な物置サイズの小屋があり、洗濯機と乾燥機が据え付けてある。背後にコンクリート製の小さな洗い場と蛇口があるのは、洗濯機がなかった時代から、ここが「洗濯場」だったからだろう。

洗い上がったシーツと各種カバーをざっくり畳んで皺《しわ》を伸ばし、乾燥機に入れて、正路は満足げな息をついた。

自室の掃除は、大部分終わった。

布団乾燥機が見当たらなかったので、ベッドの上の掛け布団と枕は窓の外にある手すりに引っかけて干し、マットレスは室内ではあるが窓際に立てかけて、光と風を当てた。本来は叩《たた》いてはいけないそうだが、さすがに内部にもよからぬものが溜《た》まっている気がして、「初回だけ！」と誰にともなく言い訳して、盛大に布団叩きで叩いた。

埃の巣窟《そうくつ》であるカーペットは諦《あきら》めて廃棄することにして、丸めていったん家の外に出した。

その下から案の定現れた畳は、太陽の光で黄色く焼けてはいたが、幸い、カビなどは生えていない。掃除機をかけ、濡《ぬ》らして固く絞った雑巾《ぞうきん》で拭《ふ》き上げると、元々暮らしていたアパートの畳と同様、微《かす》かな臭いはあっても、住むのに問題のない状態となった。

室内にある家具は、司野が使って構わないと言っていたので、そのまま活用させてもらうことにした。

部屋の設《しつら》えに自分の亡き祖母を思い出しながら、正路は家具ひとつひとつを拭き、古い樟脳《しょうのう》の袋など、中に入っていた明らかに捨てるべきもの、捨ててよさそうなものはごみ袋に詰め込んだ。

洋服ダンスはほとんど空っぽだったが、鏡台の引き出しには、化粧道具など細々したものがそのまま残されていた。

とはいえ、自分が鏡台をフル活用することがあるようには思えないので、そうした品々には手をつけず、ただ鏡前の広いスペースに、腕時計などの細々したアイテムと、持ち込んだ参考書や問題集を仮置きさせてもらうことにした。

（あとは……そうだ。あの部屋、勉強用の机と椅子がないんだよな）

そんなことを考えながら、乾燥機をセットして洗濯小屋から母屋に戻ったところで、正路は茶の間の真ん中ではたと立ち止まってしまった。

さっき、当たり前のように受験用の書籍を鏡台に置いたが、そもそも、三度目の受験に挑むかどうか、まだ決めていない。

大学に行きたい、祖父や父が営む農業に貢献できる、よりよい農作物を開発研究したいという夢も、まだ消えてはいない。

だが、二度までも受験に失敗した以上、その道に向いていないのではないかという疑問が生じるのは当然のことだ。

両親がそれぞれ、「これからのことはじっくり考えて、自分で決めろ」と同じアドバイスを寄越《よこ》したのは、まだ社会的には半人前ですらない正路に、「あとは自力で一人前になれ」と、優しく厳しく背中を押そうとしたのだろう。

（そういえば、僕が病気がちな子供だったせいもあって、お祖父《じい》ちゃんもお父さんも、跡継ぎにはカウントしてなかったもんな。だからこそ、せめて農業にかかわる仕事に就きたいと思ったし、二人とも、その考えを凄《すご》く喜んでくれた……）

農学部に進学したいと申し出たときの祖父と父親の笑顔を思うと、正路としては、夢を諦めたくない。

だが、結局無駄に終わるなら、諦めは早いほうがいいとも思う。

受験に失敗して以来、初めてそうしたことを落ちついて考えられる機会が訪れ、正路はちゃぶ台の横に座り込んで、うーんと唸《うな》った。

「どうしたもんだろ」

問いを投げかけてみても、当然だが答える者はない。

スマートホンには、彼が眠り続けた三日の間に、かつて模擬試験を受けた予備校から、「特別価格で受講できる」というオファーがメールで来ていた。

正路のほうから受験結果を知らせたわけではないので、いったいどういうルートで情報を得たのかさっぱりわからない。

なんだか不気味だし、受講するつもりもないが、赤の他人から「決めるなら早く決めろ」と急《せ》かされているようで、落ち着かない気持ちになる。

（でも、この夢を諦めて、じゃあ何するかって言われたら、今のところ、やりたいことが何もないんだよな）

そんなどうしようもない事実にたどり着き、思考はうら寂しい心の路地へと迷い込んでいく。

（みんな、どうやって自分の将来の進路を決めてるんだろう。友達がいれば、そういうの、相談できたのかな）

思っても詮無《せんな》いことを考えていると、痛みではなく、気分の重苦しさで気怠《けだる》くなってくる。茶の間の、こちらは替えてさほど経っていないように思える畳の表面を撫《な》でながら、正路は「僕、どうなっちゃうんだろう」と呟《つぶや》いた。

軽く屈《かが》んだせいで、半ば下ろした簾《すだれ》の向こう側がよく見える。物品の山を眺めているうち、うっかりタオルを外していた正路は、クシュンと大きなくしゃみをした。

（そうだ。土間を片付けない限り、茶の間にいると僕はずっとアレルギーと闘う羽目になっちゃう。掃除、したいな）

正路は、茶の間の端っこまで這《は》っていき、土間を見渡した。

『ここにある品々は、皆、魂を持っている。無礼を働けば、相応の報いを受けるぞ』

司野はそんな物騒なことを言っていたが、粗末に扱わなければ、特に問題はないのだろう。

（掃除は、無礼なことじゃないよね。誰だって、物だって、綺麗《きれい》にしてもらったら嬉《うれ》しいと思うし）

壁にあるこれまたクラシックな木製の時計を見ると、時刻はもう午後四時半すぎになっていた。

日没が徐々に近づき、土間は窓からの西日でオレンジ色に照らされている。

（司野はまだ帰ってこないし、夕飯を用意するにも、勝手に台所を使っていいかどうか、まだわからないし……せめて、土間の物を丁寧にちょっとだけ移動させながら掃除するくらいのことは、してもいいよね？　司野だって、商売に使う場所が綺麗で困ることはないと思うもん）

そう思い立ち、正路は再びタオルで顔の下半分を覆って準備をすると、二階から掃除道具を取ってきて、土間に降りた。

まずは、いちばん茶の間近くにある品物たちをいったん一つずつ茶の間の端に上げる。畳の上に直接置くことは躊躇《ためら》われたので、新聞紙を敷き、その上に丁重に並べていった。

何しろ、場所によっては天井近くまで物が積み上がっているので、土間の片隅にあった脚立を使っての作業である。慎重にやればやるほど、時間がかかる。

無心に手を動かしていると、グルグル同じところを回るばかりの思考をいったん止めることができるので、正路は無意識に、必要以上に没頭して作業を続けた。

やがてようやく露出した床面は、驚いたことに土ではなかった。

「煉瓦《れんが》だ！」

正路は、タオルの下でもごもご驚きの声を上げた。

現代のもののようにきっちりと形が揃い、角がピンと立った煉瓦ではなく、いかにも手焼きの風合いのある、色もオレンジ色から茶色までまちまちの煉瓦が、床にびっしり敷き詰められている。

（なるほど、通路だけ土間のまま残して、品物を置く場所は煉瓦床にしたのか。そのほうが、物を安全に清潔に置けるよね。いや、決して清潔に置けてはいないんだけど）

正路は感心しつつ、その場にしゃがんで煉瓦の表面を撫でてみた。

ゾッとするほど分厚い埃《ほこり》の層を掻《か》き分けると、ひんやりした、硬い煉瓦が指先に触れる。少しざらついた煉瓦の表面が、埃をしっかりホールドする役目を果たしているようだ。

正路がこれまで見たことがないような細長い煉瓦だが、きっとそういう種類のものなのだろう。品物で隠されてしまうのが惜しいほど、クラシックな趣がある。

「本当はもっと広いスペースを空けたいけど、まずはここだけ床掃除をやっちゃおうか」

積み上がっていた物品を平面に展開するには、予想以上のスペースが必要となる。こうなったら、小さな区画に分けて、ちまちまと掃除をするしかない。

(埃のピンポンラリーになっちゃう気がするけど、何もしないよりはマシだもんね)

茶の間の片隅には掃除機が立てて置かれていたが、それを土間に使っていいかどうか、正路には判断がつかない。

探してみると、レジスターが置かれた机の下に、ほうきとちりとりのセットがあった。

ああよかったとそれらを引っ張り出した正路だが、考えてみると、ここでいきなりほうきを使えば、とんでもない量の埃が舞い上がるに違いない。その埃が時間差で落ちてきては、せっかく品物たちを拭いて綺麗にしたところで、元の木阿弥《もくあみ》だ。

「こういうとき、お母さんは、出がらしのお茶っ葉を撒《ま》いてから掃除してたっけ。埃をお茶っ葉が吸うって言ってたよね。でも今、急須《きゅうす》は空っぽだしな」

この際、先に床を濡《ぬ》れ雑巾《ぞうきん》でざっと拭いたほうがいいかもしれないと考えて、正路はバケツと雑巾を探すべく、いったん茶の間に戻ろうとした。

しかし、さっきと同じように無精をして、階段を使わず茶の間によじ登ろうとしたそのとき。

注意していたつもりだったのだが、アンラッキーなことに、正路のシャツの裾《すそ》が、茶の間の端ギリギリの場所に置いてあった女の子の人形の手に引っかかった。

「あっ！」

正路は慌てて片手を伸ばして人形をキャッチしようとしたが、一瞬遅かった。彼の身体の動きがさらに災いして、人形は、あえなく茶の間から落ち、露出した煉瓦床に叩《たた》きつけられた。

「あああ！」

不幸中の幸いで、人形は陶器などではなく、樹脂のボディに布で作った洋服を着せつけた、どちらかといえば柔らかいものだ。

床に落ちたからといって砕け散るようなことはないが、人形であるだけに、後頭部を強く打ち、大の字状態で倒れていると、いかにも痛そうに見える。

「ごめん、ごめんよ」

茶の間に上がりかけていた正路は、慌てて土間に降り、謝りながら、人形を拾い上げようとした。

だが、指先が人形に触れる寸前、彼はわっと声を上げ、床に尻餅《しりもち》をついた。硬い煉瓦に尾てい骨をしたたかに打ち付け、鋭い痛みが背筋を駆け上がる。

その痛みを気にすることができないほど、正路の全神経は、人形に差し伸ばした右手に集中していた。

(な、何だ、今の……?)

人形に触れる寸前、正路の右手に走ったのは、冬に扉のノブに触れたとき感じる、静電気のバチバチ感にとても似た感覚だった。ただ、それより百倍、いや千倍も激しい。

まだ、正路の右手の指先はじんじんと痺《しび》れたままだ。

正路を驚かせたのは、それだけではない。

徐々に暗くなる店内で、床に倒れた人形が、ぼうっと青白く光り始めたのである。

(そういう電気仕掛けが? 落としたことで、オンになっちゃったのかな)

そんな「理にかなった」説明を試みたくなる事態だが、いくら光源を内部に仕込んだ人形であったとしても、着せつけられた素敵なドレスなどお構いなく、全身がまんべんなく強い光を放つなどということが、果たしてあるだろうか。

(ない。そんなこと、あり得ない。ってことは、これは)

正路の心に、じわじわと恐怖が忍び込む。同時に、司野の言葉が再び脳裏をよぎった。

『ここにある品々は、皆、魂を持っている。無礼を働けば、相応の報いを受けるぞ』

(まさか)

正路は、ふるふると首を小さく振った。

(無礼って、確かに落としちゃったのは悪かったけど、そこまでのことでは)

しかし、そうやって彼が自らをフォローしようとするうちに、人形から放たれる光はますます強くなり……そして。

『アンタモ　アタシヲ　ジャケンニスルノ』

酷《ひど》く歪《ゆが》んだ、甲高い声が聞こえた。

決して大きくはない、女の声だ。幼女のあどけない声にも聞こえるが、年老いた女の嗄《しわが》れ声のようにも聞こえる。

正路の耳を、いや、脳の聴覚野を直接引っぱたくように聞こえるその声に、正路はうっと息を呑《の》んだ。

ゆっくりと店内を見回すが、正路の他に、誰かがいるはずもない。

間違いなく、声は、人形から聞こえてくるのだ。

（人形……怒らせちゃった？　本当に？）

これまで、ものに魂があるなどと、正路は真面目に考えたことはなかった。親に、特に母親に、「ものを大事にしないと、バチが当たるよ」とは言われて育ったが、それと、目の前で起こっていることとは、少し趣が違う気がする。

『カワイイ　カワイイ　オトウチャン　アレカッテ』

「……えっ？」

『アンナニ　ノゾマレタノニ』

喋《しゃべ》りながら、人形はまるで生き物のように、むくりと床の上に起き上がった。どこかに見えない糸が仕込まれているのではないかと疑いたくなるような、唐突な動きである。

『モウイラナイ　ステテ　ソンナノヒドイ　ヒドイ』

「う、うわ！」

両脚が恐怖でワナワナ震え、立ち上がることができない正路は、両手でどうにか身体を支えて、人形から少しでも距離を置くべく、尻《しり》を後方へずらそうとした。

だが、彼が確保できた床面積は、悲しいほど狭い。たちまち背中が、まだ手つかずの品物の山にぶつかってしまった。

このまま後ずさって、他のものを落とそうものなら、さらに別の品物の怒りを買うかもしれない。

荒唐無《こうとうむ》稽《けい》な発想だが、まさに人形の怒りを一身に受けている正路には、切実な、真剣な恐れである。

「ご、ごめんなさい。わざと落としたんじゃないんだ。ほんとに申し訳な……」

『ココニイレバ　マタ　イイヒトニアエル　ソウイッタノニ！』

正路の謝罪に耳も貸さず、人形は音もなく、やはり不可視の糸に引かれるように、ゆらりと立ち上がった。

構造的に、決して自立するはずのない人形が、柔らかな身体をぐにゃぐにゃと前後左右に揺らしながら、正路のほうに、一歩、また一歩と近づいてくる。

正路の、まだ顔を覆ったままのタオルの下から、カチカチと小さい音が聞こえ始めた。彼の上下の奥歯が、全身の震えに合わせて、凄《すさ》まじいスピードでぶつかっているのである。

「ごめ……ごめんなさいって！」

『ウソツキ　ヒドイ　ウソツキ　ウソツイタラ……』

最後のひと言は歌うように言って、人形は両手をゆらりと肩の高さまで上げる。

筆で描かれただけの大きな目が、正路の恐怖に見開かれた目をじっと見据え……そして、パチンと瞬《まばた》きした。その目は、もはやイラストではない。漆黒の闇を凝縮したような、暗い巨大な瞳《ひとみ》があるだけだ。

(嘘だろ！　そんなことって)

『ハリセンボン……』

人形は水の中で喋っているような奇妙な声と節回しで歌いながら、ゆっくりと近づいてくる。その両手が狙っているのは、正路の目か、首か。

いずれにしても、正路の脳は、明らかな敵意、いや殺意を感じとっていた。

『ここにある品々は、皆、魂を持っている』

司野の言葉は大袈裟《おおげさ》でもたとえでも何でもなかったのだと、ここに至って正路は思い知った。

詳しい経緯はわからない。それでも、人形の怒りの言葉をつなぎ合わせれば、「彼女」が、元の持ち主である子供に望まれて迎えられ、それなのに子供の成長と共に不要となり、捨てられたのだということは容易に推測できる。

　この店で安らぎを得て眠っていた人形が、正路に床に落とされることで、また激しい怒りと共に目覚めてしまった……そうとしか考えられない。

「わざとじゃなかったんだって！　ごめんなさい！」

　半泣きの声で正路は謝ったが、人形にはもう、正路の声は届いていないようだ。

　樹脂で成形された、つんと尖《とが》った小さな人形の口が、正路の目の前で、ピリピリと横に大きく裂けていく。

「あ……あ、あ」

　なすすべもない正路の首に、ついに人形の両手が触れた。氷より冷たい指先の感触に、正路の喉《のど》からは、犬のような激しい呼吸音だけが漏れる。

　いくら動こうが喋ろうが、正路に比べればずっと小さな人形だ。理屈で言えば、人形を押しのけ、振り飛ばして逃げ出すことは十分に可能なはずなのに、正路はびくとも動けなかった。

　両手は床に糊付《のりづ》けされたようで、どんなに頑張っても、もう一ミリも上げることができない。両脚は、壊れた玩具《おもちゃ》のようにわななないている。

　正路をこの場に縛り付けているのは、恐怖だけではない。人形が放つ青白い光が、凄まじい圧で、正路の全身を床に押しつけているようだった。

『ノーマス』

最後は間延びした調子で歌い終えると同時に、人形の両手に、ぐうっと力がこもる。

（やばい。これは……凄《すご》く、やばい）

小さな両手が、恐ろしいほど的確に、正路の気管を押し潰《つぶ》す。必死で呼吸をしようとしても、吸うことも吐くことも難しくなっていく。

（死ぬ。これは……死ぬ。今度こそ、本当に死ぬ……！）

人形の手から伝わる冷気が、正路の全身から熱を奪っていくのが分かる。

次第に恐怖は薄れ、今度は呼吸困難に起因する痙攣《けいれん》が、正路の手足に起こり始める。

司野に申し訳ない、家族に申し訳ない。

そんな気持ちを最後に、正路の意識が混濁しかかったそのとき。

凄まじい勢いで、玄関の扉が開く音がした。

正路の、酸欠から来る激しい耳鳴りに支配された鼓膜を、凜《りん》とした声が鞭打《むちう》つ。

「止まれ！」

それが司野の声であると正路が認識すると同時に、彼の気管をぐいぐいと締めつけていた人形の手が、ピタリと止まった。

カツカツと大股《おおまた》に近づいて来た足音が止み、大きな両手が、人形の両手をそっと包み込むように握り、正路の喉から引き剝《は》がす。

正路は自分の手で喉を押さえ、激しく咳《せ》き込みながら、どうにか司野の顔を見上げようとする。

カジュアルではあるがスーツ姿の司野の身体もまた、人形と同じように……いや、人形とはまったく違う、銀色の淡い光に包まれていた。

司野の放つ光からは、敵意や害意は感じられない。ただ、微《かす》かな緊張のようなものが、正路の皮膚をピリピリさせる。

「し、の」

咳《せき》の合間にどうにか呼びかけた正路に、視線で黙っていろと命じ、司野は赤子のように、その腕に人形を抱いた。

『ウソ　ツキ』

さっきよりは弱々しく、それでも人形は非難の声を、今度は正路に向ける。

司野は店内の様子を見て、正路がしようとしていたこと、しでかしたことを瞬時に理解したのだろう。「なるほど」と小さく呟《つぶや》いた。

すっかり日が落ちて、辺りを照らすものは人形と司野が放つ光だけだったが、司野の目には、それで十分だったようだ。

彼は、片手で人形を保持したまま、もう一方の手のひらで、人形の目元を覆った。

そして、駄々をこねる子供を諭すような口調で囁《ささや》いた。

「お前と約束したのは、俺だ。あの男ではない。そして、あの男は故意でお前を害したのではない。荒ぶるな」

『デモ』

「ここで憩っていれば、いつか、お前のための新しい主《あるじ》が訪れる。俺が再び約束しよう。だから、眠れ。怒りは俺に預けて、静かに眠れ」

囁くような司野の声に応じて、人形の全身から放たれる光が、徐々に弱まっていく。抗《あらが》うようにゆっくり動いていた人形の手足がダランと垂れたかと思うと、光は完全に消える。

「よし」

司野は小さく頷《うなず》き、人形の顔から手を離した。暗すぎて正路には見えないが、人形の顔は、元のプリントされたのっぺりした造作に戻っている。

人形を茶の間の縁にちょこんと座らせ、司野はパチンと指を鳴らした。

途端に、どういうからくりか、茶の間と土間にパッと明かりが灯《とも》る。

「うわっ。あ、あの。おかえりなさい、司野。それで……ごめんなさい」

またしても驚きつつ、正路はジンジン痛む喉を押さえたまま、突然の眩《まぶ》しさに目をパチパチさせて司野に詫《わ》びた。

「愚かにも、俺の忠告を無視したな？」

司野は、尖った声でそう言いながら、指先でネクタイをグイと緩める。

その気障《きざ》なほど決まる仕草に見とれながら、正路はただでさえ狭い肩をすぼめる。

「ホントにごめんなさい。僕、掃除を」

「魂を宿した物品は、付喪《つくも》神《がみ》と呼ばれる」

正路の謝罪をこちらも見事に無視して、司野はいきなりそう言った。正路は、その言葉を口の中で復唱する。

「つくも……がみ？」

「長年、人間と生活を共にし、人間の愛着を受けた物は、ときに魂を宿す。それは既に、神と呼ばれるべき存在なんだ。まあ、実のところは、妖《あやか》しだがな」

「神様……」

「お前のような人間が、気軽に接していいような相手ではない。骨身に染みただろう」

ウンザリした顔つきでそう言うと、司野は正路の顔を見下ろした。

綺麗《きれい》に磨かれた革靴の先で、正路の床に投げ出されたサンダルの靴底を軽く蹴飛《けと》ばす。

「まったく、お前は。一週間に何度死にかければ気が済むんだ？」

「……返す言葉もないです」

本当にごめんなさい、と弱々しく言って、正路は、さっき落とされたときの人形さながらに、汚れた煉瓦《れんが》の上で大の字になった。

ようやく自由に呼吸ができるようになったものの、起き上がるにはもう少し時間がかかりそうだ。

「馬鹿者めが」

そんな正路にシンプルな侮蔑《ぶべつ》の言葉を投げつけながらも、彼を見下ろす司野の切れ長の目には、どこか面白がるような光が宿っていた……。

四章　遺された記憶

せっかく助けてもらった命を、不注意で落としてしまうところだった。

それだけでも十分過ぎるほど自己嫌悪に陥る状況なのに、二度までも命を救ってくれた人に、その数時間後、何ごともなかったかのように夕食を振る舞われてしまい、正路は食卓で小さくなっていた。

（部屋で凹《へこ》んでたら、結果として、夕食の支度すら手伝わない奴になってしまった）

二重の意味で、正路としては恐縮せざるを得ない。

どちらの件についても、正路が思いきって謝罪しようとすると、半分も言わないうちに司野に「うるさい」と煩わしそうに遮られてしまった。かといって何ごともなかったかのように振る舞うことなど、正路にはとてもできない。

しかも、人形に殺されかけた恐怖と、司野の言葉を軽んじたことへの罪悪感と反省で、本来は食欲などあろうはずもないのに、ちゃぶ台の上に並ぶ料理はどれも素晴らしく美味《おい》しそうで、実際美味しいのだ。

牛薄切り肉と葱《ねぎ》、木綿豆腐を甘辛く煮付けた肉豆腐をメインに、菜の花の辛子あえとレンコンのきんぴら、かき玉汁、そして炊きたてのごはん。

それぞれの味付けはごくシンプルで決して濃くないのだが、不思議に物足りなさはないし、ごはんが進む。野菜が多いので、いわゆる食べ疲れがない。

（ここに座る前には、食事なんて無理って思ってたのに、食べ始めたら箸《はし》が止まらないんだよな）

これでは何も反省していない厚かましい人間のようで、どうにもいたたまれない。しかも、おかずが半分近く残っているのに、茶碗《ちゃわん》のごはんが尽きてしまった。どうしようかと正路が躊躇《ためら》っていると、差し向かいで黙々と食事をしている司野が、正路を見もせずに言った。

「飯なら勝手に足してこい」

「あ、は、はいっ」

何でもお見通しどころか、見もせずに悟ってしまうご主人様に驚きつつ、正路は弾《はじ》かれたように立ち上がり、台所へ行った。

調理台の一角に鎮座しているのは、正路がここに来て初めて見た、ガスの炊飯器だ。外見はスロークッカーのようだが、司野によれば、先代店主夫人がずっと愛用してきた時代物らしい。

米自体の質が当然いいのだろうが、炊飯器の炊き具合も素晴らしく、蓋《ふた》を取ると、中のごはんはピカピカしていて、湯気もふんわりといい匂いだ。

「あの、司野はお代わり……」

「要らん」

　取り付く島もない無愛想な返事にションボリしつつ、正路は自分のお代わりだけをよそって席に戻った。

「凄《すご》く美味しい」

　食事を再開した正路が思いきってそう言ってみると、司野は色鮮やかな菜の花を口に放り込み、「そうか」とこれ以上ないほど短く応じた。

（まだ怒ってる……かどうかすら、よくわかんないんだよな。司野はいつもムスッとしてるし、言葉もぶつ切れ気味だし）

　会話が続かないので、食べていないと余計に間が持たない。

　しっかりした木綿豆腐を箸で切り、口に運ぶと、醤油《しょうゆ》の色に淡く染まった豆腐の中からは、肉と葱の旨味《うまみ》が詰まった煮汁が溢《あふ》れ出す。

「ほんとに美味しい」

　思わず、心からの感想が口からこぼれ落ち、正路は苦笑いした。

「ごめん。さっきから『美味しい』しか言えてない。司野みたいな食レポは、僕には無理みたい」

　すると司野は、訝《いぶか》しげに眉根《まゆね》を寄せた。

「何故、詫《わ》びる。それの何が問題なんだ？」

「えっ？　あ、いや、問題っていうか、やっぱり味の感想は具体的でバリエーション豊かなほうが、作った人は嬉《うれ》しいんじゃないかと思ったんだけど」

　正路が何げなくそう答えると、司野はますます怪訝《けげん》そうな表情をした。

「そんなものか？　ヨリ子さんは、俺が『旨い』と言うだけで、いつも大喜びしていたが」

「ヨリ子さんって、誰？」

「先代店主の妻だ。生前、飯はいつも、ヨリ子さんが作っていた」

　自分には圧倒的に尊大な態度をとる司野が、さん付けで呼ぶ相手がいることに正路は新鮮な驚きを感じた。そして、先代店主夫婦のことを、もっと知りたいと欲した。

「生前ってことは、亡くなったんだね。旦那《だんな》さんのほうは？」

「夫のほうは、大造《だいぞう》さんと言う」

　やはり夫もさん付けで呼び、司野は少しだけ懐かしそうな目をした。

「だいぞう、さん」

「誰かに名乗るたび、『小作りなのに大造』と言って、真っ先に自分で大笑いしていた」

「ふふっ、なるほど、小柄な人だったんだね。もしかして、司野に料理の手ほどきをしたのって、そのヨリ子さん？」

正路の問いに、司野は即座に頷《うなず》いた。

「ああ。最後の数年は、ヨリ子さんは手足が不自由になって、俺が彼女の指示を受けて、料理を作っていた。……いつも、あれに座っていた」

司野が視線を向けた台所には、おそらく手製の踏み台があった。木製のそれは二段の階段状になっていて、段差部分に丸い穴が開けてある。ちょっとした物入れか、あるいはくず入れといったところだろう。

老婦人が、段の高いほうにお尻《しり》を、低いほうに足を載せてちょこんと座っているところをぼんやりと空想して、正路はニッコリした。

「なるほど！　それでか」

「それで、何だ？」

「司野は凄く今どきのお洒落《しゃれ》な感じのルックスなのに、作る料理はなんだか懐かしい感じがするなと思ってたんだ」

「……それは貶《けな》しているのか？」

「まさか！　さっき、美味しいって言ったじゃないか。そういえば、司野はヨリ子さんに『旨い』って言ったって言ってたけど、妖魔《ようま》にとっても、人間のごはんって美味しいもの？」

「いい素材を、いい調味料で適切に調理したものは、滋味深いと感じる」

料理研究家のようなコメントを発したあと、司野は少し考えて、ニヤリと悪い笑みを浮かべた。

「もっとも、昔のように人が喰《く》らえるなら、そのほうがずっと旨いが」

「あああ、そのことは忘れよう？　でも、人の食べ物が口に合うなら、よかったね。やっぱり、妖魔も食事は必要なんだね」

正路の、人類としてはまずまずありふれたリアクションに、司野は軽く機嫌を損ねた様子で渋い顔をした。

「妖魔を何だと思っているんだ。我等とて、生きている。心身を育て、養うものは必要だ。それが、人間の食い物でなくてもいいというだけであってな」

司野が怪しい目つきをしたせいで、正路は食事中だというのに、自分の足を齧《かじ》っていた司野の姿を思い出し、思わず小さく身震いした。

「うう、だけど、人間の食べ物でも、養分になるんだよね？」

「効率は悪いが、その分、味や調理法、素材の選択肢が多いのは悪くないな」

「なるほど。よかった」

正路が納得すると、司野はすかさず、そもそもの疑問を蒸し返す。

「で、人間の調理人は、『旨い』だけでは足りんのか？」

「うーん、どうだろう」

「お前はどうなんだ」

そう問われて、正路は困惑気味に視線を彷徨《さまよ》わせた。

「僕は、誰かに手料理を振る舞う機会なんて、これまでなかったから……あ、でも、いっぺんだけ。小学校の家庭科の時間に習った料理を家で作ったことがある。そうだ、ハンバーグと粉ふきいも、それにかき玉汁だった！」

遠い思い出が甦《よみがえ》り、正路の顔がパッと輝いた。司野も、少しばかり興味をそそられた様子で、目の前の汁物椀《わん》を指さす。

「これか」

正路は、笑って肩を竦《すく》めた。

「こんなに野菜を細く綺麗《きれい》に切れなかったし、人参は火が通りきらずにゴリッとしてたし、溶き卵もダマダマになっちゃってた。ハンバーグも、最初出したときはちょっとだけ生焼けで、レンジで仕上げなきゃいけなかった。粉ふきいもは、まあまあ上手《うま》くいってたんじゃないかな。でも、おか……母は、凄く美味《おい》しいって言ってくれた。あ、そうか。美味しい、だ」

正路はハッとした。

『いつも自分が作ったものばっかり食べてるから、他の誰かが作ってくれたものは、それだけで最高に美味しい。凄く美味しいよ、正路』

幼い日に貰《もら》った母からの賛辞が、今も鮮やかに脳裏に甦る。

「そっか。『美味しい』でいいんだ。っていうか、『美味しい』や『旨い』は、それだけで凄く嬉しい言葉だった。僕、あのとき一度きりしか言われたことがなかったから、忘れてた」

「ならば、それで十分だろう」

司野はあっさりと会話を打ち切り、菜の花の辛子あえの最後の一口で食事を締め括《くく》る。正路も、慌てて自分の食事を平らげにかかった。

「あの、司野。下僕なのに、ずっとごはんを作ってもらってごめんなさい。僕でよければ、司野ほど上手ではないけど作らせて……」

食後のお茶の支度を始めた司野に、正路はもぐもぐと大口で咀嚼《そしゃく》しながら、遠慮がちにそう申し出た。

しかし、鉄瓶を火にかけた司野は、正路に背中を向けたまま、にべもなくその申し出を却下する。

「要らん」

「でも」

「契約のとき、俺はお前に『衣食住を保障し、それなりに厚遇してやる』と誓った。約定は、互いに守らねばならん」

そういえばそんな気もする、と正路はあの出会いの夜を振り返る。

正直、あのときは瀕死《ひんし》の重傷を負っており、しかも突然訪れた司野との出会いが強烈すぎて、正直、それ以外の記憶があまりにもおぼろげなのだ。

「だけどそれって、僕が一切、家事をしちゃいけないってわけじゃないと思うし」

しかし司野は、頑強にこう言い張った。

「他は好きにしろ。だが、飯は俺が作る」

「ええっ……」

あまりにも強い口調に気圧《けお》されて、正路は絶句する。

(もしかして、僕の料理の腕があまりにも信用ならないのかな。確かに、自慢できるほどのものじゃ全然ないけど。司野のほうが遥《はる》かに上手なのはわかってるけど)

少なくとも現時点では、司野がこうも主張するからには、粘ったところで意味はないだろう。そう判断して、正路は少し角度を変えて申し出てみた。

「じゃあ、洗い物とか、掃除とか洗濯はいいんだね？」

「好きにしろ」

どうやら司野としては、料理以外の家事には本当に興味がないらしい。とはいえ、数時間前の事件を踏まえ、彼は正路に釘《くぎ》を刺すことは忘れなかった。

「だが、店の品だけは勝手に弄《いじ》るな。お前が埃《ほこり》に弱いことは理解した。近日中に、俺の監督のもと、お前を使役して改善を図ることにする」

そう言われて、正路は肩をすぼめて頭を下げた。

「ほんとにごめんなさい。そのときは頑張ります」

「当然だ。お前自身のためなんだからな。妖魔は埃などでは死なん」

注ぎ口からシュンシュンと湯気を噴く小さな鉄瓶を持って戻ってきた司野は、昨日同様、丁寧に例の京番茶を煎《い》れ、正路の前にも湯呑《ゆの》みを置いた。

「ありがとう。そして、ご馳走様《ちそうさま》。今日も美味しかったです。じゃあ、今日から洗い物は僕がするね」

正路もどうにか食事を終え、改めて感謝の挨拶《あいさつ》をすると、湯呑みに手を伸ばした。

最初こそ独特のスモーキーな味に驚かされた京番茶だが、こういうものだとわかって飲めば、なかなかに味わい深いような気がしてくる。

「お茶も、ありがとう。だんだん慣れてきた。いつかこれも、僕に煎れさせて」

正路がお礼を言っても司野は無言で、吹き冷ましもせずただ熱い茶を啜《すす》っている。

そんな姿を、正路は興味深く眺めた。

(妖魔は、熱いのとか冷たいのとか……少なくとも熱いのは、全然気にならないみたいだな。こんなに熱いお茶も平気だし、さっき、あつあつの豆腐もぽいぽい口に放り込んでた。あと、会話もなかなかキャッチボールにならないけど、挨拶もやり取りできないんだな)

　正路がここ二日のうちに薄々感じていたことだが、司野は、正路が挨拶をしても決して返してこないし、食事を始めるとき、終えるときも何も言わない。

(「ご馳走様」って言っても、「お粗末様」とは返ってこないもんな。実際、お粗末じゃないから全然いいんだけど。妖魔、挨拶の習慣がないのかな。そこは、ヨリ子さんと大造さんに教わらなかったのかな)

　司野と一緒にいると、疑問がとめどなく湧き上がってくる。だが、それをいちいちぶつけていては、あまりにも司野に鬱陶《うっとう》しい思いをさせてしまうだろう。

「後片付け、するね」

　お茶を半分ほど残したままで、正路はそう声をかけて立ち上がり、ちゃぶ台の脇に置いてあったトレイに食器を集め、台所へ運んだ。

　司野はやはり何も言わずにすっと立ち上がり、土間の、品物の山のほうへ降りていく。土間の灯《あか》りは点《つ》けないままなので、簾《すだれ》越しに茶の間の光が差すだけなのだが、妖魔の目にはそんなことは関係ないのだろう。

(さっそくお仕事か。妖魔《ようま》って凄《すご》く勤勉なんだな。それは、司野に限ってのことなんだろうか。人間も色々だもんね。妖魔も色々なんだろうな)

そんな言葉には出せない感心をしながら、正路はスエットの袖《そで》をたくし上げ、シンクで洗い物を始めた。

二人分の食器など、洗って拭《ふ》いて片付けるのに、さほど時間は掛からない。生ゴミをまとめてゴミバケツに入れ、シンクを綺麗に洗った正路がふと見ると、司野はちゃぶ台に向かって座り、何かをしていた。

(司野はここで仕事をするのか。邪魔しないように、このまま部屋に引き上げたほうがいいな)

正路はそう考え、おやすみの挨拶だけして自室に行こうとしたが、台所から出た瞬間に、司野に呼び止められた。

「ここへ来い。聞きたいことがある」

「あ……は、はい」

厳しい口調にギクッとしつつ、正路はさっきまで座っていた司野の向かい側ではなく、彼が片手で叩《たた》いて指定した、すぐ隣の座布団におずおずと腰を下ろした。無論、正座である。

「えっと、何か?」

すると、いちばん分厚い座布団に胡座《あぐら》をかいた司野は、高圧的な口調で問いかけてきた。

「さっきの人形の一件だが」

「……本当に、勝手なことしてごめんなさい！」

「それはもういい。俺が訊《き》きたいのは、お前はあの人形がどうなったように見えたかということだ」

司野の質問の意味がすぐには呑《の》み込めず、正路は両手を腿《もも》の上に置いたまま、首を傾げる。

「どうなった、って？　その、僕の首をぐいぐい絞めてきたけど」

「そのときの人形の様子を、詳細に語れと言っている」

叩きつけるように命じられ、正路は決して丸まってはいなかった背筋を、極限までピンと伸ばす。

「あ、はいっ。えっと、まず、落っことしたときに人形の全身が青白くぼうっと光り始めて、それから、起き上がって、手をこう、キョンシーみたいな感じにして、僕のほうに歩いてきて」

「ふむ」

「あと……なんか、声が聞こえた。たぶん、元の持ち主が、子供の頃にお父さんにおねだりして買って貰った人形なんだと思う。それを、大人になって捨てちゃったことに腹を立ててるみたいだった」

「……ほう。声を聞いたか」

司野は、ニヤッと笑った。いつもは日本刀のように鋭い目が、怪しい三日月形になる。正路は、戸惑いながらも頷《うなず》き、話を続けた。

「怖くて正確には覚えてないけど、ここにいたら、また新しいご主人様を斡旋《あっせん》してもらえると思ってたのに、また酷《ひど》いことされて許さん！　みたいな、そういうニュアンスで怒られた。あと……顔が」

「顔が？」

「目や口が、本来のプリントされたものじゃなくなってた。口は開いて動いてたし、目は何だかウソみたいに深い黒で、凄く怖かったよ」

思い出して身震いした正路とは対照的に、司野は何故かやたら愉快そうに、小さな声すら立てて笑った。

初めて聞いた司野の笑い声に、正路は驚いて口をあんぐり開けたまま固まる。

「ふ……ふふ、そうか。なるほど。喰《く》い方はおいおい考えるとして、お前をただ餌として殺さん程度に飼い殺しにするつもりだったんだが、使い道が他にもありそうだな。面白い」

（いや、全然面白くない話の流れですけど！）

突っ込むに突っ込めない状況だけに、正路はただ身体を硬くして司野を凝視するしかない。司野はやはり愉快そうに、青ざめた正路の顔を見た。

「お前は、どうやら妖魔と親和性が高いようだ」

「し、しんわせい？」

「昔は……それこそ千年前の人間が暮らしていた世は、もっと暗かった。朝昼は奴等が大きな顔をしていても、日が沈めば、夜明けまでは我等妖魔が統べる闇の世界だ。人間は妖魔と世界を分かち合い、共存していた」

司野が突然始めた昔話に、正路は恐怖を一瞬忘れ、身を乗り出す。

「人間と妖魔が、共存していた……ってことは、人は、妖魔がいることを当たり前だと思ってた？」

「当然だ。昼間は、我等が人を恐れ、夜は人が我等を恐れた。我等は対等だった」

司野は、どこか厳かにそう言ったあと、軽く目を伏せた。

「だが、世界は明るさを増し、妖魔は僅《わず》かな闇に押しやられているのが、今の世だ。人間は、妖魔の存在を忘れ、妖魔を感知する能力を知らず知らずのうちに失った」

「それって、霊感がある人、ない人、みたいな話？」

「そういう理解もあるだろうな。この世のものならぬ存在を感じる能力を持つ者のほうが、もはや少ない。俺のように強い力を持ち、さらに人の姿を主《あるじ》に与え……押しつけられた者でなければ、光ある場所で顕現するのは難しかろう。今となっては、本物の闇は、夜にすらほぼ存在せん。妖魔には、生きにくい世の中だ」

（今、「人の姿を主に与えられた」って言いかけたよね、司野。僕がそう言ったときは、ムキになって訂正したくせに）

そんなささやかなことが可笑《おか》しくて、正路はさっきの恐れを少し忘れて、強張《こわば》った全身から力を抜いた。

「何だかちょっと分かる気がする。でも僕、霊感があるなんて言われたことはないし、自覚したこともないよ？」

「だがお前は、人形の変容を正確に感じ取り、その目で見、声を聞いた。それは、妖魔を感じる能力を持たざる者には、できないことだ」

「じゃあ、もし、妖魔を感じる能力を持たない人が、あの人形を怒らせちゃった場合はどうなるの？」

おそるおそる訊《たず》ねた正路に、司野はこともなげに答えた。

「何が原因かさっぱりわからない体調不良に見舞われ、夜ごと呪われて命を落とす」

「うわ……。感じられても感じられなくても、結局呪い殺されるんだ」

「そういうことになるな。とにかく、お前には、妖魔を感じる能力がある。ならば、俺の仕事を手伝え。多少は役に立ちそうだ」

思わぬ話の流れに、正路はキョトンとしてしまった。

「司野の仕事って、骨董《こっとう》品とか古道具とかを仕入れて売ることだよね？　僕、そういう品物には全然詳しくないけど」

「目利きは必要ない。いいから、これを『読んで』みろ」

そう言うと、司野はちゃぶ台の上にさっきから置いてあったものを、正路の前に押しやった。

それは、木製の細長い小箱のようなものだった。全体が淡いグリーンに塗られ、蓋《ふた》とおぼしき部分には、美しい花模様が描かれている。

側面からは、細くて短い金属の棒が飛び出していた。色合いから見て、おそらく真《しん》鍮《ちゅう》だろう。よく見れば、ハンドルのような形状をしている。

いずれにせよ、かなり時代を経たものらしく、よく見れば箱の角は塗装が剝《は》げ、塗料も幾分色褪《いろあ》せているようだ。あるいは、仕上げに塗ったニスが変色しているのかもしれない。

「これは……この棒、もしかして回すのかな。オルゴール？」

司野は、小さく頷く。

「そうだ。それを、蓋を開けずに『読んで』みろ」

「よ……読んで？　とりあえず、触っても……いいのかな？」

「触れねば読めんだろう」

司野が常識のように口にする「読む」という言葉の意味をはかりかねて、それでも正路は、おずおずとオルゴールを手に取った。小さな箱は、さほど大きくない正路の手の中にすっぽり収まるサイズだ。

（読むって言葉は、文字に使うもんだと思ってたけど、妖魔《ようま》の世界では違うのかな。もしかして、音を聴くことを「読む」って表現する……？）

司野は、黙って唇を引き結び、まるで試験監督をする教官のような顔で、正路を見据えている。とても、「どうやればいいんですか？」と質問できる雰囲気ではない。

（とにかく……鳴らしてみようかな。オルゴールだし、それが本来の使い方だもんね）

司野の刺すような視線にオドオドしつつも、正路はそっと華奢《きやしや》なハンドルの取っ手部分を摘《つ》まみ、ゆっくり回してみた。

最初だけ少し抵抗があったが、すぐにハンドルはスムーズに回り始め、同時に、箱の中からはシンプルな旋律が流れ始めた。

正路はクラシック音楽に決して明るくはないが、それでも耳にしたことがある曲である。

「これは……ベートーベンの『月光』かな。音楽の時間に聴いたことがある」

「そうだ」

司野は肯定してくれたが、それは彼が求める「読む」という行為ではなかったらしい。「それで？」と言いたげに正路を見る。

（こうじゃなかった！）

オルゴールの音は単純だが美しかった。しかし、それが「読む」ではない以上、いつまでも音色を楽しんでいるわけにはいかない。

（もしかして、横とか裏とかに何か書いてあるとか？）

そんな期待を込めて、正路は箱の全面を子細に眺めてみたが、オルゴールの製造会社らしき名が底面に英語で書き込まれているだけで、特にメッセージのようなものはない。

「……何をモタモタしている」

徐々に司野が苛立《いらだ》ってきたのがわかる。どのみちご主人様の怒りを買うのなら、まだ正直に助け船を要請するほうがマシだと開き直って、正路は潔く降参した。

「やり方がわからないよ。『読む』って、どこの何を読めばいいの？　字じゃないの？」

「わからないなら、はなから訊《き》け。時間の無駄だ」

つっけんどんにそう言うと、司野はいきなり立ち上がり、正路の背後に移動した。ごく近くに片膝《かたひざ》立ちになった司野に驚き、正路は振り返ろうとする。

だが司野は、そんな正路を頭ごなしに叱りつけた。

「前を向け。そして、目を閉じろ」

「は……はいっ」

何をさせられるのかと再び恐怖と不安が襲ってくるが、逃げ場はない。正路は、仕方なく言われたとおりにした。

「ここだ」

そんな声と共に、司野の指先が、正路の眉間《みけん》に触れた。氷のように冷えた指先だ。いや、氷よりも、ドライアイスよりも、冷たいかもしれない。冷気が、皮膚や頭蓋《ずがい》骨《こつ》を易々と貫き、脳に突き刺さるようだった。

「痛っ……なんか、痛いよ、司野」

「うるさい。口を閉じて、今俺が触れているところに意識を集中しろ。そこに、もう一つの目があるはずだ」

「もう一つの、目？」

驚く正路に、司野はツケツケと言った。

「人間が、遥《はる》か昔に使うことをやめ、存在を忘れた、常ならぬものを見るための目だ。その目に、意識を集中させ、お前の手の中にあるものを、その『第三の目』で見るんだ」

「第三の、目で」

そんなものが本当にあるなどと、正路にはにわかには信じられない。

しかし、今背後にいて、自分に触れている司野の存在こそが、そもそも一週間前の正路には、信じられないどころか、存在していると想像することすらなかった妖魔なのだ。

（司野があるっていうなら、あると信じてやってみるしかないか）

司野の指先からジンジンと滲《し》みてくる冷たさは、すなわち鋭い痛みとして感じられる。その痛みの源を探るような気持ちで、正路はそこに意識を集中させようとした。

「今回だけは手伝ってやる。そこだ。俺が触れている、そこにお前のもう一つの目がある。開け」

（そんなに簡単に言われても……）

身体に触れていると、心の声が伝わるのだろうか。

「閉じた目があることをイメージしろ」

司野にそんな的確なアドバイスをすぐさま与えられ、正路は上擦った声で「はいっ」と返事をした。

（このビシビシに痛いところに……目が……）

正路は両目を固く閉じ、オルゴールを左手に持ったまま、眉間に置かれた司野の指の上に、自分の右手をそっと重ねた。それは無意識の行為だったが、途端に、皮膚の下に閉じた大きな瞼《まぶた》のイメージが像を結んだ。

それは、正路の大脳に深く根を下ろした、植物の芽のような存在だった。

(あった……！　これが、第三の目？)

眉間と右手で司野の指の冷たさを感じながら、正路は引き込まれるように、その大きな瞼に気持ちを寄せていく。

(この目が開いたら……何が見えるんだろう。見てみたい)

そんな素朴な欲求に応《こた》えるように、瞼はゆっくりと開いていく。

「そうだ。それでいい」

背後にいる司野が、耳元で囁《ささや》いた。冷えた息を肌で感じながら、正路は左手に持ったオルゴールを、軽く持ち上げる。

(この目で……オルゴールを……読む)

正路の意識は「第三の目」に完全に集中していたため、そのとき、背後で司野が小さく息を呑《の》んだのには気付かなかった。

ただひたすら、全身がぽかぽかと酒でも飲んだように温かく、吸い込んだ空気がぐんぐんとその大きな不可視の目に吸い込まれていく。そんな感覚を味わいつつ、彼はゆっくりと「第三の目」を開いていった。

（見える……！）

眩《まばゆ》く輝く金色の虹彩《こうさい》が現れたと思ったそのとき、正路の脳裏に何かが見えた。

両目で見るときのような、クリアな視界ではない。

ただ、深い霧が立ちこめた世界で、ほんの一部だけぼんやりと見ることができるもの……それが、彼の左手の中にあるオルゴールだった。

（オルゴールのシルエットだけが見え……あ、違う。オルゴールを透かして、中にあるものが見える。それだけが、ハッキリ見える）

自分の「第三の目」が見ているものを、正路はそのまま飾らずに言葉にしてみた。

「糸？　茶色い糸が、細い束にされて、グルグル輪っかに巻かれて、入ってる」

「読めたな」

背後で、司野の満足げな声がした。

「それは、第二次世界大戦中、ドイツで作られたものだ。戦地に赴く男に、恋人が自分の髪を納めたオルゴールを送ったんだ。その音で男を慰め、みずからの髪に宿る呪《じゅ》力《りょく》で、男を守るようにと。お前が『第三の目』で見たのは、女の髪に今も宿り続ける、男への強い念だ」

正路は、その声をどこか遠くから聞こえるように感じつつ、微《かす》かな声で訊《たず》ねた。

「それで……男の人は」

「戦地で死んだと聞いている。人間の髪の呪力に、弾丸を弾《はじ》く力はないからな。所詮《しょせん》は気休めだ」

「そんな」

「だが、男は愛《いと》しい女の『気』に包まれて死んだだろう。それは、人間にとっては幾ばくかの慰めなのではないか。俺の知ったことではないが」

そんな素っ気ない言葉の後、司野は正路の眉間に指を置いたまま、こう命じた。

「ゆっくり、目を開けてみろ」

「……いつもの目のほうだよね？」

確認してから、正路は両目をゆっくり開き、そして驚いて声を上げた。

いつの間にか、茶の間の灯《あか》りは消えていた。

だが、正路の視覚は奪われていない。それは、彼自身の身体が、僅《わず》かではあるが、柔らかな金色の光を放っているからだ。

「こ、これ、何？　僕の身体は、どうなってるの？」

呆然《ぼうぜん》とする正路の背後で、司野が吐息のように笑うのがわかった。

「それが、お前の『気』だ。第三の目を使ったことで、強く身体から放たれるようになった。第三の目をとざせば、また消える。ふふ、そうか、なるほど、『木洩《こも》れ日の色の気』か」

司野の声には、いつになく愉快そうな、それでいて妙に痛みをこらえるような切羽詰まった響きがある。

正路は、別の意味で不安になり、司野に呼びかけた。

「司野？　どうかした？　あの、僕、ちゃんと『読めた』んだよね？　第三の目って、どうやって閉じればいいの？」

「意識が逸《そ》れれば、勝手に閉じる。繰り返し訓練すれば、自分の力だけで自在に使うことができるようになるだろう。いや、速やかに使えるようになれ」

横柄にそう言って、司野はようやく正路の眉間から指を離し、立ち上がった。そして、正路の手からオルゴールを取り返し、自分の座布団に再び座した。

「前にも言ったが、そこに積み上げられた物たちは、皆、付喪神か、それに準じるものだ。長い年月、人間に愛着を受け、それを糧に魂を宿したものたちだ」

「あ……うん」

正路は、自分の体を取り巻く光が少しずつ薄れていくのを感じながら、相づちを打つ。

「奴等は、どこまでも人と共にあり、人の愛着を得ることに執着する。ゆえに、それが叶《かな》わなかったときには、人に祟《たた》りを為《な》す」

「あ、それであの人形は怒ったのか」

「そうだ。俺はそうした品を引き取り、ここで新たな、相性のいい主《あるじ》に引き渡すことを生業《なりわい》にしている」

「相性のいい主って、その品物を大事にしてくれる人ってこと？」

「それもあるが、人間同士と同じように、人と物にも相性がある。気が合う、合わないという奴だな。合えば、付喪神は新たな持ち主の愛着を心地よく受け、幸運を招くことによって応えるだろう」

「つまり、ラッキーアイテムってことだね！」

「そういう軽々しい言葉は、俺は好かんがな。間違った理解ではない」

せっかくの司野の上機嫌が軽く損ねられたことを感じて、正路は「ごめんなさい」と小声で謝ってから、質問を口にした。

「じゃあ、相性が悪かったら……？」

「相性の悪い持ち主の愛着など、むしろ不愉快極まりないだろう。付喪神は、祟りを為すだろうな」

「うわ……。じゃあ、相性のいい引き取り手を探すの、責任重大だね」

司野は重々しく頷《うなず》き、取り返したオルゴールを手の中で撫《な》でながら言った。

「適切な主を見つけるためには、その物品に秘められた人との縁《えにし》を読み取ることが必要になる。これだけ物があると、俺ひとりでは骨が折れる。お前は筋がいい。鍛錬して、その作業を手伝え」

「ああ、それがさっきの、『第三の目』を使って『読む』ってことなんだね？」

「そうだ。読んでも差し支《つか》えのない、無害な物品を、俺が選んでやる。それを読んで、『第三の目』をせいぜい鍛えろ。……それにしても、なるほどな」

「うん？」

またしても上機嫌に戻った司野に、正路はただただ戸惑う。

「お前は、俺の前に現れるべくして現れたのかもしれん。気まぐれで餌を手元に飼うだけのつもりが、思わぬ出物を得た」

「司野？　何のこと？」

「じきにわかる」

不審を通り越して若干不気味に思い始めた正路をよそに、司野は鼻歌でも歌いそうな様子で立ち上がり、オルゴールを元の場所に戻すべく土間へ行ってしまった。

いったいどういうからくりか、パチンと指を鳴らす音が聞こえたかと思うと、茶の間に灯《あか》りが点《つ》く。

「いいから、もう行け」

切り口上でそう言われてしまっては、正路にはこれ以上食い下がる余地はない。

むしろ、司野が謎のご機嫌状態のうちに退散したほうが、下僕としては賢明といえるだろう。

「わかった。じゃあ、おやすみなさい」

やはり、簾《すだれ》の向こうから返事はない。

（昨日も今日も、ノーおやすみなさいだ。妖魔《ようま》、挨拶《あいさつ》の習慣、マジでないんだな）

それを少し残念に思いつつ、正路はまだ半分夢を見ているような気持ちで、眉間《みけん》を片手で擦《さす》りながら、自分の部屋へと引き上げた。

その夜。

「……つっ……」

眠っていた正路は、痛みで目を覚ました。

部屋は、灯りが点いたままだった。服装もスエットの上下のままで、布団も被《かぶ》っていない。

（そういえば、いつ寝たんだっけ）

あれから自室に引き上げてしばらくすると、猛烈に全身が怠《だる》くなった。同時に、凄《すさ》まじい眠気が押し寄せてきて、半ば気絶するようにベッドに倒れ込み、そのままグッスリ眠ってしまっていたらしい。

スマートホンで確認すると、時刻は午前一時過ぎだった。

（たぶん、四、五時間、寝ちゃってたな）

正路は、両手をベッドについて、ゆっくり身を起こした。

眉間が、ズキズキと酷《ひど》く痛む。

（これ、さっき、司野が触ってたとこだ）

先刻のような鋭い苦痛ではないが、まるで何かが拍動しているような、心臓の鼓動に合わせた痛みが延々と続く。

「いたた……」

眉間を押さえ、正路は呻《うめ》いた。起きているのがどうにもつらくて、再びそろそろとベッドに横たわる。

「これ、さっきの『第三の目』に関係あるのかな。ちょうど、そのあたりだもんな」

じっとしていれば痛みが薄らぐかと思ったが、痛みは同じ強度で延々と続き、軽い吐き気すら覚え始める。

「ヤバいかも」

まだ本当に吐くほどではないにせよ、二度寝できるとはとても思えない。それに、「第三の目」に起因する痛みであるなら、何らかの深刻な事態に繋《つな》がるかもしれない。

そう考えると途端に怖くなってきて、正路はヨロヨロと再び起き上がり、ヘッドボードに手をついて身体を支えつつ、立ち上がった。

何故か、船酔いしたような足元のふわふわ感があるが、動きには支障がない。

（念のため、司野に相談してみよう）

そう考えて、正路は部屋を出た。

手すりに縋《すが》って階段を降りると、茶の間は真っ暗だった。

灯りをつけてみても、司野の姿はない。念のため、簾を片手で持ち上げ、土間の照明も点けてみたが、司野はいなかった。

土間の、通路の真上に取り付けられた照明が、両側にうずたかく積み上げられた物たちをぼんやり照らしている。

その中に、くだんの人形を見つけ、正路は慌てて簾を下ろし、灯りを消した。

司野が宥《なだ》めてくれたので、もはやあの人形の正路に対する怒りは消えたと思いたいが、やはり怖いものは怖い。

（そうだ、司野の部屋、あっちだって言ってたな）

正路は、茶の間を横切り、一階のいちばん奥まった部屋へ足を向けた。

部屋を仕切る襖《ふすま》の前に立ち、ノックしようか、それとも声を掛けようかと正路が逡《しゅん》巡《じゅん》していると、先に室内から「入れ」と応《いら》えがあった。

おそらく、司野の妖魔の耳は、正路が立てる音を容易に捉《とら》えてしまうのだろう。

驚きと感心を同時に味わいつつ、正路は「お邪魔します」と静かに襖を開けた。

　正路が司野の居室に入るのは、それが初めてだった。

　正路に与えられた部屋とそう変わらない狭さだったが、違うのは、畳が青々していること、半ば開いた障子の向こうに短い縁側があり、雨戸を開け放てば、大きなガラスを嵌《は》め込んだ引き戸越しにささやかな庭が見えるであろうところだ。

「まだ、起きてた？」

　正路がそう訊《たず》ねると、畳の上に胡座《あぐら》をかき、目の前に広げた絵巻物を眺めていた司野は、ぶっきらぼうに答えた。

「お前たちと違って、妖魔は消耗したとき以外、眠る必要はない」

「そうなんだ？」

「もっとも、布団の心地よさには謎の中毒性がある。娯楽の一種として眠るという、妙な癖はついたがな」

　司野自身にはそんなつもりはないのだろうが、「娯楽の一種として眠る」という表現には妙にユーモラスなところがあって、正路に一瞬痛みを忘れさせ、ごく自然に微笑ませる。

「ごめん、ちょっと相談したいことがあるんだけど」

　彼がそう訊ねると、司野は「構わん」と簡潔に言うと、巻物を丁寧に片付け、手を伸ばして文机《ふづくえ》の上に置いた。

「チラッと見えたの、牛車《ぎっしゃ》とかだった？　もしかして、平安時代の絵？」

「後世……江戸時代の人間が想像で書いた平安京に暮らす人々の風俗画だ。絵師の腕は悪くないが、ちと美化が過ぎるな。人間には、奇妙な癖がある。今、自分が生きている世を疎んじ、過去ばかりに勝手な夢を膨らませ、礼讃《らいさん》する。過去に憧《あこが》れたところで、意味はなかろうに」

そんな妙に哲学的なことを言いながら、司野が顎《あご》の動きで「座れ」と言ってくれたので、正路は痛む眉間を片手で押さえ、司野の向かいに座った。

「で、何の用だ？」

そう問われて、正路は率直に「眉間が凄《すご》く痛い」と訴えた。

すると司野は、平然とした態度で「そうだろうな」と言った。

「そうだろうなって」

「俺が手を貸したとはいえ、いきなり、閉じていた『第三の目』をこじ開けたんだ。疲れもするし、痛みもするだろう」

「……滅茶苦茶《めちゃくちゃ》疲れたし、今、滅茶苦茶身体が怠くて、眉間が痛いよ」

「どれ」

思わず恨み言を言ってしまった正路を咎《とが》めもせず、司野はヒョイと手を伸ばし、さっきと同じように正路の眉間に触れた。そして、「ああ」とつまらなそうな声を出す。

「ど、どうかなってる？」

不安げな正路に、司野はむしろ嘆かわしそうな溜《た》め息をついてこう言った。

「お前はまったくもって不器用だな。『第三の目』を開いたはいいが、閉じ損ねているではないか。これでは、眉間から『気』がダダ漏れだ。疲れもするだろうし、叩《たた》き起こされた上に休ませてもらえない『第三の目』も不満を言うに決まっている」

「閉じられてないの⁉　いや、今、特に何も変なものは見えないけど」

「読めるようなものがなければ、『第三の目』には何も映るまいよ」

「どうすれば閉じられる？」

「しばし待て」

そう言うと、司野は正路の眉間に指を当てたまま、ほんの数秒、目を閉じた。

彼が目を開けたとき、驚くことに、正路の頭痛は拭《ぬぐ》ったように消えていた。

「あ！　治った！　ってことは、『第三の目』が閉じた？」

「俺が閉ざしてやったんだ。これから、閉じ方も覚えろ。今の感じだ」

「ちょ……ちょっと、ピンとこない、かな」

「何度もやっていれば、覚える。まったく、せっかく飯を食わせて満たした『気』を、くだらないことで半減させるとは。お前は、出来の悪い下僕だ」

そんなよくわからない司野の嘆きに、正路は、モゾモゾと正座をし直して謝った。

「何だかよくわからないけど、ごめんなさい。それって、僕が司野の『餌』になることに関係してる？」

「そのとおりだ。まあ、ちょうどいいときに来た。味見をするか」

「……味見？」

物騒な言葉を口にして、司野はチロリと舌先で唇を舐《な》める。

その仕草に、自分の血を舐めていたときの彼の表情と、ピチャリという生々しい音を思い出して、正路は思わず後ずさった。

「逃げるなよ、下僕。心臓が破れるぞ」

「う……や、わかってる。君の『餌』になるの、契約条件だったもんね」

「そうだ。お前の心身は俺のものだ。亡き主《あるじ》の呪《しゅ》のせいで、人を襲って喰《く》らうことはできんが、契約で縛られたお前は、俺に進んでその身を差し出さねばならん」

「わ……わかってるけど」

まさか、また手足をもがれるのかと思うと、正路の身体が小刻みに震え出す。

司野のことは、恐ろしいがどこか憎めない。何となく、親愛の情のようなものも感じ始めている。

だが、こうして妖魔《ようま》の本性を見せられると、やはり恐ろしい。

「あの、今？」

「今だ。お前がノコノコやってきたせいで、その気になった。さっき消耗した分が戻るまで待ってやろうかと思っていたが、味見程度なら死にはせんだろう」

「ちょ……生き死にを判断基準にするのはちょっとやめてほしいかも」

「何？」

「あ、いや、何でも……うう、ていうか、僕の、何を食べるの？」

恐怖の中にも、若干の好奇心が疼《うず》いてしまうのが、正路の妙に図太いところである。

震える声で問いかけられて、司野はニヤッとした。

「それを、あの夜以来、考えていた。血肉もいいが、再生が面倒だ。燃費が悪い」

（そこは是非とも、面倒くさがってほしい）

心からそう願う正路に、司野はどこか楽しげにこう言った。

「だが、お前の血肉の味に、俺は確かに、我ながら異様に昂《たか》ぶった。その理由が、先刻わかった」

正路は、怯《おび》えながらも問いを発する。

「それって、人を食べるのがほぼ千年ぶりだったからテンション上がったってわけじゃなかったの？」

「それもあるが、それだけではなく……お前の血も肉も、極上の味だった。甘露と呼んでもいいほどだ」

「うう、また思い出し食レポされてる」

さすがにゲンナリする正路の耳に、司野の妙にしみじみした声が聞こえた。

「しかも、遠い昔に一度だけ貪《むさぼ》った覚えのある、奇妙な懐かしさすら覚える味だった。懐かしいなどという感情は、妖魔にはないはずなんだがな」

「懐かしい？　僕の血や肉の味が？」

司野は頷《うなず》くと、「試してみるか」と呟《つぶや》いた。

「何を？」

正路がそう訊《たず》ねた瞬間、彼の視界が、ぐるりと回転した。

何が起こったかわからないまま、背中が畳に叩きつけられる。

「ぐッ」

息が詰まり、苦悶《くもん》の声を上げると同時に、何か冷たくて重いものがのし掛かってきた。

「えっ？」

それが司野の身体だと気付いた瞬間、正路の本能が、激しく警告音を発し始める。

目の裏で、赤いランプが激しく点滅するような感覚があった。

「し、司野？」

大柄な司野に全身で覆い被《かぶ》さられては、正路はろくに身動きができない。

呆然《ぼうぜん》としているうちに、正路の両手首は司野の右手に易々とまとめられ、頭上で、畳に縫いとめたように固定されてしまった。

「お前の血肉を貪るより、もっと簡単でいい方法があった。千年の無聊《ぶりょう》のうちに、すっかり忘れていた」

怯える正路の顔に自分の顔をぐっと寄せ、司野は歌うように言った。

「お前を犯せばいい。犯して、昂ぶる『気』を喰らえば、お前の肉体を損なわずに済む。実に簡単な方法だ」

「お……犯す、って」

司野の意図を悟り、正路は今度こそ全身でもがき、司野の手から逃れようとした。

だが、司野は自分の体で正路の抵抗をいとも容易《たやす》く封じると、空いた左手で、すっかり血の気が引いた下僕の頬を挟み込むようにした。

顔を固定され、正路は司野の金色の妖魔の目から逃れられなくなる。

「し、しの」

「案ずるな。お前も楽しませてやる。そう怯えたままでは、お前の『気』から甘さが減ずるからな」

「まさか、ほんとに……？」

「お前を犯す。下僕であるお前に拒否権はない」

再度、ハッキリとこれからやろうとしていることを宣言して、司野は正路の顔から手を離した。そして、正路のスエットの上着の首元に手を掛けたかと思うと、次の瞬間、まるで薄紙を破るように、ベリベリと胸元まで裂いてしまった。

ひんやりした夜の空気を胸元に感じて、正路は今度こそ、全身の震えを止められなくなった。

(手足をもがれるのは勿論《もちろん》嫌だけど……これは、いくらなんでも！)

あまりにもよくしてもらって、司野に対して好意すら抱きつつあった正路だが、それとこれとは話が別だ。

いくらご主人様と下僕の関係だといっても、諾々と抱かれることには、正路の心が、人間としての誇りが耐えられない。

(それだけは……！)

瞬《まばた》きを忘れて見開いた正路の目の前で、司野の瞳孔《どうこう》が細く縦に開き、金色の虹彩《こうさい》が獰猛《どうもう》な光を放ち始めた。

薄い唇の両端が高く釣り上がり、短い牙《きば》のように尖《とが》った犬歯が露出する。

(それだけは、駄目だ！)

正路は、昆虫標本のように畳に縛《いまし》められた全身に、ありったけの力を込めた……。

五章　妖魔と人間

ガン、とも、ゴン、ともつかない、何とも鈍い音が聞こえた気がした。と共に、さっきとはまた違う激痛が、今度は正路の額全体に走った。視界がブラックアウトして、あまりの痛みに気が遠くなる。

「ううっ」

息絶え絶えの声を漏らし、痛みのあまり忘れそうな息をどうにか吸い込んだそのとき、「ぐうっ」という、自分のものではない低い声が真上から聞こえた。

と同時に、あれほどガッチリと全身を押さえ込んでいた司野の身体が、ゆっくりと離れていく。

（……あ、れ？）

司野の妖魔の瞳《ひとみ》に魅入られるのが怖くて、反射的にギュッとつぶってしまった目を、正路はそろそろと開けた。

見えるのは、見事な網代《あじろ》編みの天井だ。どうやら、自分は仰向《あおむ》けに寝そべっているようだ……と、正路はぼんやり考えた。

（痛い。脳みそが出てるんじゃないかと思うくらい痛い）

出血してはいないか、本当に額が割れてはいないかとそろそろと触れた手が血に汚れていないことを確かめ、安堵《あんど》すると同時に、押さえつけられていたはずの自分の手が、いつの間にか自由になっていることに気付く。

「あれ？」

片手を畳につき、もう一方の手でズキズキ痛む額を押さえたまま、正路はゆっくり起き上がった。その口から、「えええ？」と驚きの声が上がる。

さっきまで彼を組み敷いていた司野もまた、畳の上に仰向けに倒れていた。その右手が端麗な顔をほぼ覆っているので、表情を見ることができない。

「あの……司野？　大丈夫？」

「貴様、よくも逆らってくれたな」

指の間から、絞り出すような声が聞こえる。正路は、反射的に自分の心臓のあたりに両手を当てた。

幸い、まだ契約違反が確定したわけではないらしい。正路の心臓は今のところ弾《はじ》け飛ぶ気配はなく、健やかに脈打っている様子だ。

「ご、ごめんなさい！　あの、あの、僕、もしかして」

「もしかしても何もあるか。頭突きとは、こざかしい真似をしてくれるではないか」

「あああ、やっぱり」

額の激痛はそのせいだったかと、正路は思わず天井を仰いだ。

司野に乱暴されそうになった恐怖でパニック状態に陥った正路は、全身どこでもいいから動くところを動かして抵抗しようとした。そして唯一動かせる頭を、至近距離にあった司野の額に渾身《こんしん》の力でぶち当てたらしい。

正路にとっては無意識の、そして唯一の実行可能な抵抗策だったわけだが、それは司野にとって完全に予想外の反撃だった。

単純な頭突きではあるが、窮鼠《きゅうそ》猫を嚙《か》むという諺《ことわざ》もある。無防備だった額への強打は、妖魔《ようま》にもかなりのダメージを与えたようだ。

「だ……大丈夫？」

ようやく額の痛みから立ち直りつつある正路は、司野のほうへ這《は》っていこうとした。しかし、鞭《むち》のような声が、正路の動きを止める。

「黙れ。それより自分の心配をしろ。どうなるかわかっているんだろうな、正路」

ようやく顔から手をどけて、それでもまだ寝転がったままで、司野は正路を睨《にら》み上げた。

気が削《そ》がれたらしく、その双眸《そうぼう》は、今は人間らしいそれに戻っている。だが、憤怒《ふんぬ》の表情は十分に迫力があって、正路は司野に触れようとした手を反射的に引っ込めた。

「ご……ごめん。ほんとにごめん。でも、これだけはどうしても無理だよ」

「何故だ」

本気で、正路の抵抗の理由がわからないと言いたげに、司野は不愉快そうに、しかし真顔で問い詰めてくる。

正路は、困惑しながらもその問いに答えようとする。

「無理やりこういうことされるの、嫌がらない人はそうそういないと思うよ」

「ならば、手足をもいでやろうか。そのほうが嬉《うれ》しいか」

「どっちも全然嬉しくはない！　でも……どっちか選べって言われたら、凄《すご》く嫌だけど、怖いけど、僕は手足をもがれるほうがまだマシだ」

そんな風に答えれば、即座に手足をむしられ、また瀕死《ひんし》の状態に追い込まれるかもしれない。今の司野の全身からは、そういう物騒な「気」が発散されていたが、正路は震える声でそう答えた。

正座の膝小僧《ひざこぞう》を摑《つか》む両手にぐっと力を込め、正路は、万が一の事態を覚悟する。

だが司野は、ますますわからないといった様子で、寝たまま首を捻《ひね》った。

「手足をもがれるのと犯されるのとに、いかほどの差があるというんだ」

「いかほどっていうか、物凄い差があるよ！　少なくとも僕にとっては！」

　司野の言動に大きすぎるショックを受けて、正路は、これまでの人生で一度も出したことのない大声を張り上げてしまった。

「手足をもがれるのは死ぬほどつらいだろうけど、痛むのは身体だけだろ。だけど、強姦されるのは……身体を傷つけられた上、心については殺されるも同然だ。そんなの、僕は受け入れられないよ」

　思わず両手を畳につき、司野の顔をほぼ真上から見下ろして訴えた正路を、司野はゆっくりと瞬きして見返した。その彫像のように美しい目には、困惑と怒りで引きつった正路の童顔が映っている。

「俺にはわからん。むしろ、犯されるほうがお前も俺も楽だろう。お前さえその気になればそれなりに楽しめるだろうし、身体に傷もさほど残らんぞ。俺も、お前の身体を繕う手間が省けるし、何よりさほど場も汚れないだろう」

「そういうことじゃないんだってば！」

　正路は焦《じ》れて畳を叩《たた》いた。

「なら、どういうことか説明しろ。ことと次第によっては、納得してやらんでもない。納得できなければ、お前の腕を一本もいで、改めての味見にしよう。……俺としては、お前に情けをかけたつもりだったんだがな」

　本当にわからないといった顔つきで、司野は不服そうにそう言った。

その、美しいのに、どこか駄々っ子のような表情が浮かぶ顔を見ているうちに、正路の胸から、さっき感じた恐怖が少しずつ薄らいでいく。突然の野蛮な振る舞いに困惑し、なおも憤ってはいるが、正路の気持ちはだんだん落ち着きを取り戻しつつあった。

（そうか。司野は妖魔なんだから、人間の心についてはわからないことがあって当たり前だよね。僕だって、鳥や猫が何を考えているか、さほどわかるわけじゃないもの）

正路は、今さらながらに、司野が人間ではないという事実を噛みしめていた。

（司野、人間の姿をして、日本語を喋《しゃべ》ってくれるから、何となく人間同士みたいに思っちゃってたけど、違うんだった。司野は妖魔で、人間じゃないんだ。妖魔の流儀では、ああいう……性行為って、どういう位置づけなんだろう）

「司野にとって、今みたいなことは、何でもないの？　そうすることに、理由はないの？」

いつもの正路らしい静かな問いかけに、司野は顰《しか》めっ面で少し考えて、肩を竦《すく》めた。

「人間を犯すことか？　辰冬の式にされるまでは、腹が減れば旨《うま》そうな人間を見繕って犯して『気』を喰《く》らい、そのあと引き裂いて血肉を喰らっていた。興が乗れば、骨まで喰ったな」

うっかりその光景をリアルに想像しそうになって、正路はぶんぶんと首を横に振った。

「全然思い浮かべたくない光景だけど、つまり、司野にとっては、せ、性行為的なことは食事の一環なんだね？」

「ああ、そうだな。……そう、だったな」

平然と頷《うなず》いた司野は、少し考えて、微妙に過去形に言い直す。

「だった？」

　正路はすかさず追及したが、司野はそれにはもはや触れようとせず、正路に再びひたと視線を据えた。

「それがどうした？　俺はお前に『餌になれ』と命じたはずだぞ。それが契約条件の一つだ。ならば、俺がお前の『気』を喰らうためにお前を犯したいと思えば、お前は無条件でその身を差し出すべきだ」

「それは……！　でもさ、契約ってのは、双方が合意の上ですることだろ？」

「あの夜、お前は合意しただろうが」

　これまでの人生で、こんな風に自分の考えを相手にぶつけ、討論するなどという行為を、正路は一度も、誰とも経験したことがない。

　だが、ここで引いたら終わり、という直感が、正路の脳から言葉を力ずくで引きずり出していた。

「合意したのは、君の『餌になる』こと！　だけど僕のほうでは、せ、セ、セックスは餌になることじゃない。なんていうか……抱き合うことって、そんなものじゃなくない？」

「ならば、お前にとって、他者に犯されるとはどのようなことなんだ？」

「さっきも言った。同意のないセックスは、相手の心を殺すことだよ。……その、僕は、同意のあるセックスもしたことがないから全然説得力ないけど、でも、やっぱり言葉を使える生き物なんだから、ちゃんと合意の上で」

「ならば、今、同意しろ。その上で、仕切り直してことに及んでやる」

司野はそう言うなり、何の反動もつけずに楽々と起き上がる。正路は慌てて身体を引いた。

「そういうことじゃない！　そんなに簡単に、同意できないよ。……その、勿論《もちろん》、これは人によると思う。単純な楽しみでセックスをする人もいるってのは知ってる。仕事としてする人もいる」

「それだ。お前は、下僕の務めとして、俺に犯されればいい」

「さっきも言ったけど、僕は無理。僕は、こういうことは心から好きな人としたい。僕の心の中では、『餌になる』ことに、君にだ、だ……抱かれる、行為は、少なくとも現時点では入ってない。だから、僕の心臓は破れてないだろ。それこそ、契約違反してない証拠……じゃない？」

「む……」

半ば苦し紛れの反論だったのだが、どうやら図星であったらしい。

「くそ、言葉で契約すると、これだから煩わしいんだ。いくらでも抜け穴が見つかる」

悔しそうな司野をよそに、正路はようやくほっと小さく息をつく。

どうやら、身体の関係を拒むことで、命を落とすことはなさそうだ。

ならばと、正路は少し気持ちを落ち着け直し、自分の気持ちを正しく伝えるための言葉を慎重に探しながら口を開いた。

「こんなことを大っぴらに言うのは、恥ずかしいけど。僕は、まだ恋だってしたことがないんだからね」

「恋？」

その概念もないらしく、司野はまずいものを口に入れたような顔つきで、「恋」と二度までも復唱した。

「誰かを特別な存在として好きになることだよ。今の世の中なら、異性でも同性でも、ああいや人間じゃなくて、動物や物でも、もしかしたら物語の登場人物なんかも対象になると思う。僕はまだ、そのどれにも、恋したことがない」

「好むと恋とは違うものか」

「うっ」

質問が単純で根源的であるほど、答えるほうに逃げが許されない。正路は必死で頭を回転させ、「僕は本当にこういう話には向いてない人間だけど」とことわってから再び口を開いた。

「恋は、好きって感情の中でも特別なもの……なんだと思う。一緒にいたいとか、心も体もうんと近づけたいとか……その過程で、キ、キス、とか、セックス、とか、そういうこともしたくなる相手との関係……なんじゃないかなぁ」

「煮え切らん言いようだな」

「だから、経験がないからだってば！　僕には友達すらろくすっぽいないんだから、恋なんてできるわけないだろ！　そりゃ、片想い的なものは一つ二つあったけど、告白に至ったことがないんだから、ないのと同じだよ」

まるで、恋愛経験不足と童貞を誇るような言いようになってしまい、正路は恥じらいのあまり、両手で顔を覆ってしまった。手のひらに触れる頬が、燃えるように熱い。

こんな説明では、司野に「わからん」と言われるか、「くだらん」と言われるか、せいぜい二択だろう。

そして、やはり四肢のうちどれか一本をもがれて、食べられてしまうのだろう。

顔を覆ったまま絶望する正路の鼓膜を震わせたのは、しかし、その二言のどちらでもなかった。

「やむを得んな」

「えっ？」

「確かに、お前が死なんところをみると、契約のとき、お前の内で、俺の『餌』になる行為に、犯されることは含まれていなかったのだろう。ならば、それは俺の落ち度だ。そして、俺は主《あるじ》の呪《しゅ》により、人間を襲って喰らうことを禁じられている。契約の内に入っていない以上、お前を力ずくで犯すことはできまい」

「ホントに？　よ、よかった」

安堵《あんど》して両手を下ろした正路は、次の瞬間、また軽く絶望することになる。

「だが、俺はお前を軽く喰らいたい気分だ。その欲求は何としても満たす」

「ですよね……うう」

正路はガックリ肩を落としてしばし考え、さっき司野が引き裂いてしまったスェットの上着の前を合わせると、両のつま先を司野のほうへ向けた。

「どこだって、ちぎられたら死ぬほど痛いと思うから嫌だけど、せめて脚かな」

「何故だ」

「だって、手の指は司野が好みの長さに整えたんでしょ。せっかく整えたのに、食べちゃうのは勿体《もったい》ないかなって」

「……お前は、わからんところで妙に神経が図太いな」

司野はようやくいつもの冷静さを取り戻し、苦笑いした。

「では脚を、と言いたいところだが、今宵《こよい》の俺は、お前の血肉ではなく、お前の『気』を味わいたい」

「その、司野が言う『気』って、さっきオルゴールを『読んだ』とき、僕の身体から出てた……あの、金色の光のこと？　僕が怒らせちゃった人形が出してたのも、人形を宥《なだ》めるときに司野が出してたのも、やっぱり『気』なの？」

「そうだ」

司野は頷く。正路は、今は何も出ているように思えない自分の両手を見下ろした。

「その『気』って、僕が知ってる言葉なら、オーラってことになるのかな」

司野は渋い顔で同意する。

「俺はそういう言い方は好かんが、まあ同じことだろう。『気』というのは、そいつの生命力、つまりは魂の発露だ」

「生命力。なるほど、それを食べれば確かにエネルギーになりそうな感じ。手足をもがれるよりは、ずっとよさそうだね。それって、さっきみたいに『第三の目』を使わないと、表に出てこないもの？」

今度は正路が素朴な質問をぶつける番である。司野は、小さくかぶりを振った。

「そうとは限らん。『気』は、常に全身から放たれている。微量だから、常人の目には見えんだろうが」

「なるほど。さっきみたいに、凄《すご》く緊張したり、気力を振り絞ったりしたときに、『気』がよりたくさん出てきて、目に見えるわけか」

「肉の交わりで昂《たか》ぶったときも……」

「その話題からは、とりあえず離れよう？」

慌てて司野の話を遮り、正路はすかさず言葉を継いだ。

「でも、いちいち緊張したり頑張ったりしてたら、なんだかピリピリした『気』ばっかり出そう。他に何か……もっといい感じで『気』を出す方法、ないのかな」

そう言うと、司野は少し考え込み、そしてこう言った。

「辰冬が……俺の亡き主が言っていた。最も良質の『気』は、人間が温かな心持ちになったときにこそ放たれるものだと」

正路は、会ったことのない司野の主人の言葉を繰り返してみる。

「人間が、温かな気持ちになったとき……か」

「妖魔《ようま》にはそんな感情の持ち合わせがないから、俺にはさっぱりわからんがな」

（ないんだ、あったかい気持ち……）

妖魔についての知識を一つずつ脳内に積み上げながら、正路は自分の記憶をたどり、そして、「もしかして」と言った。

「何か、よい方法を思いついたか？」

司野に問われ、正路は頷《うなず》いて立ち上がる。まだ額の痛みは少し残っているが、倒れるようなことはなさそうだ。

「ちょっと失礼」

正路は、押し入れの襖《ふすま》を開けてみた。案の定、そこには布団がきちんと折り畳まれて入っている。

「とりあえず、布団を敷くね？　司野、悪いけど少しだけ場所を空けて」

「……なんだ、結局、俺に犯されることを選ぶのか？」

「違います。そこからは離れようって言ったじゃないか。そうじゃなくて……」

正路は、慣れた手つきで布団を敷きつつ、ちょっと照れ臭そうに言った。

「僕の知ってる、いちばん温かい気持ちになることをやってみようかと思うんだけど、付き合ってくれる？」

司野は、少し興味を惹《ひ》かれた様子で、「ふむ？」と応じる。

「せ……セックス、とかそういう荒っぽいことは抜きにして、ただ一緒に寝てみるのはどうかなって思うんだ」

そんな正路の提案は、司野にとっては思いがけないものであり、滑稽《こっけい》なものでもあったらしい。彼は鼻で笑ってこう言った。

「共寝だと？　柔らかな女の身体を抱いて寝るならともかく、やせっぽちのお前と？」

「別に抱くとかそういうんじゃないんだから、やせっぽちでもいいだろ！　ホントに眠らなくてもいいから、布団に入ってみてよ」

いきなり外見を貶《けな》されて、さすがの正路もムッとした顔で言い返す。

「下僕に指図される義理はないが、まあ、今日のところは付き合ってやってもいい。ただし、俺を満足させられなければ、脚をもぐぞ」

正路の企《たくら》みに、多少の興味を持ったのだろう。司野はそんなことを言いつつも、あきらかに面白がっている様子だ。

「どういう脅迫だよ、それ。とにかく、入って」

「何だと？」

「入ってください。お願いします」

「よかろう」

司野は、部屋着のカーディガンと靴下を脱ぎ捨て、薄手の長袖《ながそで》シャツとジャージという姿で、布団に潜り込む。

正路も部屋の灯《あか》りを消すと、司野が裂いた上着は諦《あきら》めて脱ぎ、下に着ていたＴシャツとスエットパンツという格好で、司野がかろうじて空けてくれたスペースに潜り込んだ。

枕は一つしかないので、当然のように司野が頭の下に敷く。

いくら正路が小柄で細身といっても、大の男ふたりが一組の布団の中に入ると、文字どおりのぎゅうぎゅうである。

「これが何だというんだ」

二人並んで仰向《あおむ》けに横たわり、暗がりの中でぼんやりと天井を見上げながら、司野は憮然《ぶぜん》として呟《つぶや》く。

正路は、小さな身体を余計に小さくして、弁解するように説明を試みた。

「小さい頃、僕は恐がりの寂しがりで、夜中、嫌な夢を見ると、隣の部屋で寝ている両親のところによく駆け込んだんだ」

「……ほう」

「そうしたら、『お父さんを起こしてしまったら、明日《あした》、仕事で怪我するかもしれんから』って、母がいつも僕の部屋に来て、こんな風に一つ布団で一緒に寝てくれた」

「ふむ？　二人なら、夢魔に対抗できるという計算か？」

大真面目にそんなことを言う司野に、正路はクスッと笑ってしまった。

「そうじゃないよ。二人分の体温で温まった布団の中で、他愛のないお喋《しゃべ》りをしていると、凄く気持ちが安らかになって、怖くなくなって、ニコニコしたままで眠くなるんだ。それが、僕の知ってるいちばん温かい気持ち」

　そこで言葉を切ると、正路はいささか居心地が悪そうに身じろぎし、司野のほうにゴソゴソとどうにか寝返りを打った。

「ただ、誤算としては司野には……体温、ないんだね？」

　司野はさも当然といった様子で頷く。

「この身は、主《あるじ》が呪力《じゅりょく》で編んだ人形《ひとがた》に過ぎんからな。いかに精巧でも、体温までは帯びていない」

「だね。だから、僕ひとり分の体温しかなくて、温《ぬく》もるのがちょっと遅いかもしれない。でも、きっと喋ってるうちに、温かくなるよ」

「ただ喋るだけか？　ならば、こんな狭苦しい布団の中でなく……」

「いいの。この狭苦しさも魅力のうち。ああでも、何の話をしようか」

「お前が言いだしたんだ、お前が責任を持って仕切れ。俺はこの茶番に付き合う以外のことは何一つせんぞ」

　ほぼ司野の二の腕に胸が触れるくらいの近さで、正路は話題を探そうと視線をあちこちに巡らせる。

　やがて、彼が口にした問いは、今、いちばん知りたいことだった。

「司野は、どうやってこの店の跡継ぎになったの？　ううん、それ以前に、平安時代から今まで、どうやって生きてきたの？」

　正路の、当然といえば当然の質問に、司野は仰向けのまま、ジロリと横目で正路を見て、にべもなく言い捨てた。

「千年を物語るのは面倒に過ぎる」

　だが、正路も不器用に食い下がった。

「掻《か》い摘《つ》まんでいいから！　サスペンスなテレビドラマのあらすじ的に……とか」

　すると司野は、しばらく渋い顔をしていたが、やがていかにもしぶしぶといった様子でこう言った。

「だが、実のところ、千年の大半については語るべきことがない」

「ええっ？　ただ生きてるだけでも色々ない？」

「なかった。あったのは、退屈の虫だけだ」

「退屈の虫？　千年も、退屈してたの？」

　司野は、顎《あご》を小さく上下させた。

「主である辰冬と死別した折……いや、そう言うと若干の齟齬《そご》があるか。まあいい、とにかく、俺は壺《つぼ》に封じられ、地中に埋められた」

「ええっ⁉　どうしてそんなことに」

　正路は驚いて、手枕から頭を上げる。

司野は無表情に話を続けた。

「主は、今際《いまわ》の際にも俺の呪いを解かなかった。俺を解放することなく、都の鬼門を封じるための呪物として俺を使った」

「都って、平安京……つまり、京都のことだよね」

「ああ。俺の力を削《そ》いで人の姿を取れないほどにしてから壺に封じ、地中に埋め、その真上に小さな社を建てて、さらに封じ込めた」

　その光景を想像して、正路はゴクリと唾《つば》を飲んだ。

「それから、司野はどうなったの？」

「どうもこうも」

　調子こそおどけたものであったが、司野の声音には、どうしようもない怒りと苦さが滲《にじ》んでいた。

「俺は小さな壺の中で、ただ『気』を飛ばし、外の世界の移り変わりを眺めていた。それすらできぬほど弱り果てた後は、ただ虚《うつ》ろなまま、やがて塵《ちり》一つ残らず消える日を待っていた」

「千年も、壺に閉じこめられて……？　そんなの退屈どころじゃないじゃないか。寂しかったり、悲しかったりしたんじゃないの？」

「そんな感傷的な感情は、妖魔《ようま》にはない。俺には、亡き主へのどす黒い怒りと恨みだけが遺《のこ》されていた。それが、俺の命をギリギリのところで永らえさせていたともいえる」

「うう……どうして、司野のご主人様はそんな残酷なことを？」

唖然《あぜん》とする正路に、司野は天井を見上げて吐き捨てた。

「それが陰陽師《おんみょうじ》というものだ。目的のためなら、手段を選ばん。妖魔よりある意味、下衆《げす》な生き物だ」

「そんな。あっ、でも、司野は死んでないし、自由だし、人の姿にも戻れたんだよね。どうやって、壺から脱出したの？」

すると司野は、ようやく軽く首を巡らせ、正路のほうを見た。

「俺が脱出したのではない。壺が、もとい社が破壊されたんだ」

「えっ？　京都の鬼門を守ってたお社なのに、壊しちゃったの？」

正路は驚いて目をパチパチさせる。司野は、シニカルに口角を吊《つ》り上げた。

「鬼門封じは一箇所ではない。都の守護はそこまで甘くはないぞ。とはいえ、時代が移り変わり、人は不可視の守護を軽視するようになった。パワースポットだのスピリチュアルだのと神秘を持てはやすわりに、住宅工事で結界や鬼門封じを安易に破壊する。人間とは、愚かな生き物だ」

「なんか、ちょっとわかる気が。確かに人って、そういうとこ、あるよね。じゃあ、司野が閉じこめられてたお社も、工事で？」

「今世紀になったばかりの頃だ。昔ながらの広い屋敷が潰《つぶ》され、小さな建売住宅として細切れにされた。そのとき、邪魔になった社が撤去され、土が掘り起こされ、俺が封印された壺は、呆気《あっけ》なく砕かれた」

「うわあ。それ、京都の守護が少しでも弱くなって……でも、その代わり、司野は自由になれたんだね？　複雑な気持ちだな」

正路は少し戸惑い顔でそんなことを言う。

「自由の身になったとはいえ、俺は弱り切っていた。それこそ、水一滴ほどの存在だった。だが、千年も経てば、辰冬の呪いは解けているだろう。虫を喰《く》らい、魚を喰らい、蛙を喰らい、蛇を喰らい、鳥を喰らい……そして、力をつけて人を喰らえば、また人に仇為《あだな》す妖魔に戻れるに違いない。そう考えたが、甘かった」

「ご主人様の呪い、健在だったんだね」

司野は忌々《いまいま》しそうに小さく舌打ちした。

「死して千年経ってもなお、辰冬は俺を縛り続ける。壺から解き放たれたところで、俺は、この姿にしかなれなかった。つまり、人に紛れて生きる道しかなかったんだ」

大変だ、と呟いてから、正路はあることに気付いて「ん？」と言った。

「でも、それって京都でのことだよね。そこから神奈川まで、どうやって移動してきたの？」

司野は顰《しか》めっ面でしばらく口をへの字に曲げていたが、それでも真実を隠さずに正路に教えた。

「最初は、文明の進歩についていけなかった。自動車や電車、飛行機、自転車さえも、俺には脅威だった。道は舗装されて硬く、人の服装は見慣れぬものになっていて、言葉もほぼ違っていた」

「そりゃ、平安時代と比べたら、ずいぶん違うだろうね」

「ああ。人の姿になっても、しばらくは街を彷徨《さまよ》うばかりだった。街には、平安の頃を思わせる遺構も残っていたが、だからといって俺がそれに救われるわけではないからな」

「そりゃそうだ。それで？」

「ホームレスというのか？　そういう人々に紛れていたら、あれこれと世話を焼きたがる奇特な人間たちが現れてな。俺が素性を言うに言えずにいたら、勝手に記憶喪失と決めつけ、人としての新たな戸籍を取る手伝いをしてくれた」

「あ！　それで、『辰巳』司野、になったんだ！」

布団の中でポンと手を打つ正路に、司野は薄く笑った。

「ああ。咄嗟《とっさ》に思い浮かんだ姓は、主のものだった。名も、主につけられたものしか俺には名乗れん。この司野という名で縛られているのだからな」

「なるほど！」

「親切な連中のおかげで、日雇い労働を続けて幾ばくかの金が貯まった。今の都は東京にあると聞いていたから、行ってみようと思ったんだ」

「うんうん」

正路はすっかり司野の話に夢中になり、盛んに相づちを打って先を促す。

「だが、東京はあまりに人が多く、気ぜわしい街だった。煩わしくなった俺は、横浜《よこはま》に来てみた。多少はマシだった」

「多少は……」

「新しい都やその近くにいれば、俺の呪いを解くことができる術者がいるかと思ったんだが、探すあてもなくてな」

「だろうなあ。術者なんて、電話帳でもネットでも検索できない気がする。いや、ネットでは引っかかるかもしれないけど、信頼度が判断できないよね」

司野は不機嫌に頷《うなず》いた。

「あてもなく彷徨っているとき、この店の前を通り掛かった。嫌な気配がするから扉を開けてみたら、先代店主が、付喪神の扱いをしくじって、まさに呪い殺されそうになっていた」

「ええっ、大造さんが!? 大造さんは、そういうのが見える人だったの？」

司野は小さく首を横に振る。

「いや。ただ、原因のわからない体調不良に苦しんでいた。俺は、店に入り、気まぐれな親切で、その付喪神を大人しくさせてやった。たちまち体調がよくなった大造さんと、それを喜んだヨリ子さんが、俺を店の奥に誘《いざな》い……行き場所がないと言うと、居候させてくれた」

「それが、この店との出会いかあ！　偶然だったんだね」

「ああ」

司野は室内を見回した。

「大造さんは、自分の部屋を俺のために空けて、自分は二階のヨリ子さんの部屋へ移った。お前が今いる部屋だ。あそこで、老夫婦は寝起きするようになった」

「そこまで親切に？　いくら命を助けられたっていっても、霊感がないんじゃ、司野が具体的に何をしたかわからないわけだよね？」

司野は曖昧《あいまい》に頷いた。

「だが、俺が来てすぐ、大造さんの体調が不思議なほどよくなった。彼らは、俺が福の神だと言っていた」

「福の神！　妖魔なのに」

正路があまりにビックリしたので、司野は可笑《おか》しそうに少し笑った。

「まったくだな。彼らは、一人息子を病で亡くしていた。そこへ、渡りに船で俺がやってきて、店を預けるいい相手ができたと思ったんだろう。彼らもまた、俺を利用したわけだ」

「利用、なんて」

思わず口ごもる正路の頬を、司野は片手でグイと乱暴に擦《こす》った。

「お前がそんな風に傷ついた顔をする必要はない。彼らの当然の権利だ。実際、人に紛れて生きるには、人と生活するのがいちばんいいからな。俺も得しかしていない。十年余り、俺は彼らと共に暮らし、そして、彼らが去ったあと、この家と商いを受け継いだ。これが、千年分の話だ」

語り終えて、司野は口を噤《つぐ》み、また天井を見上げる。

「ホントに随分掻《か》い摘《つ》まんだね。でも、短くて、長い話だった」

「ああ」

「司野は、ここで大造さんとヨリ子さんに出会うまで、千年もの長いあいだ、ずっとひとりで頑張ってきたんだね」

「別に頑張ってなどいない」

「頑張ってたよ。司野が頑張ったつもりはなくても、きっと頑張ってたんだよ」

「何も知らないお前が、勝手に決めつけるな」

「ごめん。でも、自分に置き換えて想像しただけで、僕は死にそうだよ」

「それは、お前が脆弱《ぜいじゃく》な人間だからだ。妖魔《ようま》は、人よりずっと長く生きる。千年など、どうということはない」

（ウソだ。いくら長生きだって、千年ものあいだ閉じこめられて平気な人、いや、妖魔なんていない。きっと、いない）

　正路は手枕で横たわったまま、小さな壺《つぼ》の中にたったひとり閉じこめられて、千年の時を生きる自分を想像しようとした。しかし到底、そんなものは人間の想像力の及ぶ範囲ではない。

（どれほどの孤独だっただろう。司野は、そんな感情はないって言うけど、本当にないだろうか。寂しさを知らない生き物なんて、いるだろうか）

　出会ったときから常に超然とした態度で、強さとたくましさと頼もしさしかなかった司野に、正路は初めて、ほんの少しだけ弱いところを見つけたような気がした。

（司野にとって、亡きご主人様は凄《すご》く複雑な気持ちを向ける相手なんだな。そして、大造さんとヨリ子さん。きっと、司野にとっては素敵な出会いだったと思う。もっと……もっと、司野が出会った人たちのこと、知りたいな。そして）

　正路は、自分の気持ちに驚いて目を見張った。

（司野のことも、もっと知りたい。司野の気持ちに、司野の心に、もっと近づきたい）

今、正路は心の底からそう感じていた。

さっき無体なことをされかかった恐怖は、まだ胸のうちにぐるぐると渦巻いている。油断すれば、本当に手足をもがれるだろうという直感もある。

それでも正路は、司野に心惹《こころひ》かれ、みずから心を寄せたいと思った。

「布団、ちょっと暖まってきたね」

「そうだな」

どうでもよさそうに司野は答える。

「いつまでこうしているんだ？」

「もう少し」

短く答えて、正路は思いきって片手を出し、布団の上から、司野の胸元を手のひらでとんとんと軽く叩《たた》き始めた。

思いもよらない正路の行動に、司野は鼻筋に不愉快そうな皺《しわ》を寄せる。まるで、肉食獣のような表情だ。

「何をしている。主《あるじ》を殴打するか」

「殴打なんていうほど、強くしてないだろ。こういうのは、とんとんって言うんだよ」

正路は、小さく笑って答えた。

「とんとん、とは何だ？」

「何って訊《き》かれると困るけど、小さな頃に一緒に寝るとき、僕の母親が、いつもそうしてくれた。ゆったりした調子で布団の上から叩かれてると、何だか凄く穏やかな気持ちになって、眠くなるんだよ」

「俺は」

「一度、お返しがしたくなって、母に同じことをしてみたんだ。そうしたら、不思議とやっぱり僕のほうが穏やかな、あったかーい気持ちになって……あ」

正路は、話の途中で口を小さく開けたまま動きを止めた。

自分の身体から、あの金色の光が、しかも「第三の目」を開けたときよりずっと優しく柔らかな光が放たれ始めたのである。

「司野、これ」

「ああ……続けろ」

司野は短く命じた。正路は言われるがままに、司野の厚い胸板を柔らかく、一定のペースで叩き続ける。

（ああ、そうか。僕は今、司野を少しでも労《いたわ》りたいって思ってるんだな。下僕としては厚かましいのかもしれないし、千年を生き抜く大変さなんて、欠片《かけら》も分かってないかもしれないけど。それでも）

そう感じると、正路の身体から湧き出し、溢《あふ》れる光は、彼の腕を伝い、手のひらを経て、司野の身体をも覆っていく。

ああ、と司野は目を閉じて細く長く息を吐いた。

「これだ」

吐息に乗って出た微《かす》かな一言に、正路は少し顔を上げて司野の整った顔を見る。

「どれ？」

司野の瞼《まぶた》が、ゆっくりと開く。

「お前の、その木洩《こも》れ日のような色と温かさの『気』だ。お前の血より肉より甘い。まさに甘露だ」

「えっ、『気』に、味があるの⁉」

司野は再び目を閉じ、小さく頷《うなず》く。

「ある。俺は、お前とそっくり同じ色と味の『気』を持つ人間を、ただひとり知っている」

「それは、誰？」

正路は、そっと訊《たず》ねてみた。だが、司野は答えず、代わりにこう言った。

「何の子供騙《だま》しかと思ったが、存外、これはいい。お前の『気』を存分に味わえる。これなら、お前にとっても契約の内なんだな？」

「うん。これでいいなら、いつでも。……ちょっと狭いけど」

「構わん」

そう言うと、司野の力強い腕が、正路の腰をぐっと抱き寄せる。

「！」

さっきのことがあるので、正路は一瞬ギクリとして身体を強張《こわば》らせたが、司野はそれ以上のことをしようとはしなかった。

性的な意図はなく、ただ、正路が布団からはみ出さないようにしてくれたらしい。

遠い日に、母に「お返し」をしていたときのように、司野の胸を叩き続けていた正路の口から、小さな欠伸《あくび》が出た。

「眠くなってきた」

正直にそう言うと、「構わん」とやはり目を閉じたままの司野が応じる。

本来ならば、ついさっき自分に襲いかかった男の隣で無防備に眠るなどあり得ないのだが、不思議なことに、正路は身も心もリラックスしていた。

自分の「気」が司野の身体をふんわりと包み込み、彼の身の内に静かに染み込んでいくのが、不思議と正路にも感じられる。

それはとても不思議な、奇妙な、けれど悪い気のしない経験だった。

（司野が作ってくれるご飯が、僕の身体を作って、僕の「気」が、司野の身体を満た

していく。こういうの、何て呼べばいいんだろう。食物連鎖？　ちょっと違うな）

そんなことを考えているうちに、睡魔は正路の意識をゆっくりと奪っていく。

（ああ、ちゃんと冷やさなかったから、おでこ、明日《あした》タンコブになってるかも。妖魔にも、たんこぶ、できるのかな。そうだったら、お揃いになっちゃうな）

二人して額を腫《は》らしている光景を想像して、正路の口元が優しくほころぶ。そのま、彼はささやかに幸せな眠りへと落ちていった。

＊　　＊

司野が経営する骨董《こっとう》と古道具の店「忘暁堂」に来客があったのは、その二日後の昼過ぎのことだった。

正路が外出先から戻ると、店の前で、中の様子を窺《うかが》う若い男性の姿があった。

サテン生地のテカテカした派手なジャージに金のネックレス、これまた金色のスニーカー。何とも派手な装いで、ブリーチをかけたほぼシルバーの髪が、午後の光にキラキラ輝いている。

「あの、うちの店にご用ですか？」

とても骨董品に興味があるような人物には見えないが、偏見はよくない。そう思って正路が控えめに声を掛けてみると、男はギョッとした様子で振り返った。

見れば、手に、有名なファッションブランドの名がでかでかとプリントされた、大きな紙袋を持っている。

「あ、あ、えっと、え、あんた、ここの人？」

男に問われ、正路は曖昧《あいまい》に頷いた。

「はい、まあそうです。ご用でしたら、中へ」

「あ、うん」

男は自由なほうの手を握ったり開いたりした後、ジャージの腿《もも》の辺りにゴシゴシと手のひらを擦《なす》りつけた。どうやら、手汗を掻《か》いているらしい。

（何だか、緊張してるみたい）

正路は訝《いぶか》しく思いつつ、男の顔を見た。やけに色白のつるんとした肌をして、アニメのキャラクターのように見事に整えられた眉《まゆ》の下にある両目には、青いカラーコンタクトが装着されている。

（芸能人か、モデルさんかな）

そんなことを思いながら正路が店の扉を開けようとすると、男はそれを手振りで阻止して、小声でこう囁《ささや》きかけてきた。

「ここんちの人、ホントに腕は確かなの？　従業員に訊くのもあれだけどさ」

「腕は確かか、と言われましても」

正路は、首を傾げた。

正直、司野が骨董品の目利きかどうかは、正路にはよくわからない。

(付喪神を見分ける目は、凄《すご》いと思うけど……この人がどういう用事かわからないしなあ)

正路の曖昧な態度に焦《じ》れた様子で、男はいっそう声をひそめた。

「だからぁ、骨董品屋の体《てい》で、実は祟《たた》りを祓《はら》う裏稼業をやってんだろ、ここの人。そういう話を聞いて、苦労してツテを辿《たど》って、ようやくアポが取れたわけよ。しかも、大枚を要求されてんだからさ、こっちもちょっと保証がほしいじゃない。どうなの、実際」

「え、ええっ？」

何と答えればいいかわからず、正路がキョドキョドしていると、不意に中から店の扉が開いた。

そこに立っていたのは、言うまでもなく司野である。

淡いグレーのタートルネックシャツの上から濃いグレーのジャケットを重ねるという、カジュアルで地味だが上品な服装をした司野は、相変わらずの無愛想な顔つきで、男に声を掛けた。

「午後一時にお約束の高橋《たかはし》様ですか」

（うわっ、司野、敬語話せるんだ⁉　いや、商売やってるんだから当たり前だけど、新鮮だなあ、妖魔《ようま》の敬語！）

軽い感動すら覚える正路の横で、高橋と呼ばれた男は、胡乱《うろん》げに司野を見た。

「まさか、あんたが辰巳さん？　え、そんなに若いの？　それとも辰巳さんは奥にいる？」

「……どうぞ」

司野は慇懃《いんぎん》に、通路の奥へと高橋を誘《いざな》う。

「うわッ、暗ッ、狭ッ。怖ッ！」

わかりやすいリアクションを取りつつ、それでも高橋は腹を括《くく》ったのか、店の奥へと向かう。

正路は、高橋に聞こえないよう、小声で司野に囁きかけた。

「ただいま、司野。僕、邪魔にならないように二階へ……」

「お前もいろ。俺の仕事がどんなものか、黙って見ておけ」

「わ、わかった。そうだよね、ご主人様の仕事ぶり、下僕としては知っておかなきゃね」

「そういうことだ。余計なことはするな」

それきり正路の存在など忘れたかのように、司野は足早に高橋の後を追う。正路も、掃除をしてもなお舞う埃《ほこり》にクシャミをしながら、二人の後を追いかけた。

どうやら、レジスターを設置した長机が、商談用の席も兼ねているらしい。

司野は、机を挟んで高橋と向かい合った。

高橋は、店内をキョロキョロと見回し、不気味そうに幾度も薄い肩を揺すり上げる。

正路は、客にお茶でも煎《い》れるべきかと思ったが、司野が視線で隣にいろと命令してきたので、古いレジスターにへばりつくような状態で、司野の斜め後のスツールに腰を下ろした。

「では」

司野は、ジャケットの内ポケットから革製の名刺入れを取り出すと、名刺を一枚抜いて、高橋に差し出した。ビジネスマナーのビデオに収録したいような、完璧《かんぺき》な所作である。

（妖魔が名刺交換してる。なんだか……司野って、ホントにちゃんと仕事してるんだな）

正路の感心をよそに司野は「拝見しましょう」と、高橋に着席を促し、自分も椅子に腰を下ろした。

「や、電話で話した奴、これなんすよ」

高橋は、大きな紙袋からガサガサと何かを引っ張りだし、机の上に載せた。

てっきり、紙袋に書かれたブランドの商品かと思いきや、そこにあったのは、セーターだった。しかも、明らかに手編み、もっと言えば、あまり上手ではない手編みのセーターである。

何故かそれを見た瞬間、正路は全身に鳥肌が立つのを感じた。正体はわからないが、何とも禍々《まがまが》しい気配が、そのセーターから湯気のように立ち上っているのがわかる。

だが高橋は、そんなことには気付いていない様子で話を始めた。

「俺、ホストやってんすけど、これ、俺に入れあげてたお客の女の子から、誕プレに貰《もら》ったもんなんすよね。正直手編みとか重いし、ノーサンキューにもほどがあるっしょ。で、捨ててるんですけど、なんでか戻ってくるんすよ」

（捨てても戻ってくる？）

正路は目をパチクリさせながら、高橋の話に耳を傾ける。

「ごみ袋を二重三重にして詰めても、遠くに捨てても、なんか知らないけど、ベッドの上にバーンと広がってんすよね。キモイにも程があるし、その女の子、俺の成績上げるためにガンガンボトル入れてくれてたんすけど、実は会社の金を使い込んだらしくて、逮捕されちゃってぇ。ニュースにも出たっすよ」

司野は腕組みして、頷《うなず》くことすらせずただ目を閉じている。高橋は居心地悪そうに身じろぎした。

「で、まあ、執行猶予ついたんすけど実家に連れ戻されて、関係は切れたんですよね。まあ俺も、犯罪起こす筋の悪い客はちょっと……やっぱノーサンキューなんで、このセーター、二重の意味で捨てたいんすよ。なんか、こいつが部屋にあると、体調悪いし。ストレスかな。ストレスだよな。ねえ？」

司野はそこで目を開けると、正路のほうをチラと見た。その意味ありげな視線に、正路はハッとする。

（あ。これが司野が言ってた、霊感のないタイプの人か！　もしかして、そのセーターに祟られて、具合が悪い……？　でも、はっきりとそうとは気付いていないのかな）

司野は、無表情で、しかも感情のこもらない声で、それでも一応丁重に、高橋に問いかけた。

「で、ご希望は」

「だからー、こんなキメェセーターが手元にあると、具合悪くなるでしょ。お客さんをお持ち帰りしたときに、手編みのセーターがベッドの上にあったらドン引きじゃないすか。だから、引き取ってほしいんすよ。そういう商売、やってんでしょ」

高橋はそう言うと、いかにも気持ち悪そうに、指一本でクシャクシャのセーターを司野のほうへ押しやろうとする。

司野は冷ややかな声で言った。

「ご希望の処理ができるかどうかは、金額次第ですね」

「あー、それね。なんか、アポ取るときに言われたアレ、『命の値段』とかいうの、なんすか。難しすぎるんですけどぉ。一応、これぇ」

苦笑いしながら、高橋は紙袋から、分厚い封筒を取り出し、放り投げるように司野の前に置いた。

司野は、無造作に封筒の中から分厚い札束を抜き取り、机の端に置く。高橋は、期待の眼差《まなざ》しで司野を見た。

「六十万。それ以上は出せない……わけじゃないけど、出したくないっすね。命の値段つか、セーター引取料にしちゃ、破格でしょ？　もっと安くでいいなら、遠慮なく返してもらっても」

高橋は金の一部を取り返そうと手を出したが、司野はそれを平手で払った。それは軽いアクションだったが、高橋は「痛ッ」と情けない悲鳴を上げる。

「……お前に入れ込み、犯罪まで起こして人生を棒に振った女は、お前にいくら使った？　六十万どころの騒ぎではあるまい」

突然、司野の口から放たれた辛辣《しんらつ》な言葉に、高橋は目を剝《む》いた。礼儀正しさはどこへやら、司野はいつもの皮肉っぽい笑みを浮かべ、ツケツケと言葉を継ぐ。

「だがまあ、よかろう。六十万なりの決着をつけてやる。貴様は大人しく座っていろ」

もはや客である高橋を貴様呼ばわりし、司野はセーターの上に両手をかざした。

いきなり尊大な態度を取り始めた司野を咎《とが》めたいが、異様な迫力に気圧《けお》された高橋は、胡乱げに司野の仕草を眺めている。

「マジかよ。マジシャン？　その手つき、ヤバいくらい決まってますね。ワン・ツー・スリーで、セーター消しちゃう？」

そんな軽口に応じることなく、司野はセーターの内に潜む物を探るように、両の手のひらをかざしたままゆっくりと動かしていく。

正路は司野の背後で、それをじっと見つめていた。

（あ、司野の身体から）

荒れ狂う人形から正路を救うために、司野が放った「気」が、今再び、彼の全身を淡く輝かせていた。

（銀色の、綺麗《きれい》な光だ。司野によく似合う、冴《さ》え冴《ざ》えして、冷たくて、綺麗な……お月様みたいな光）

思わず見とれる正路とは対照的に、高橋はへっと変な笑い方をした。

「マジか。滅茶苦茶《めちゃくちゃ》演出きいてんなあ。今度、俺も職場でマジックとかこんな感じで披露しちゃおうかな。客、増えるかな。うおっ！」

高橋の下らないお喋《しゃべ》りは、不意に驚きの叫びで途絶えた。

司野の手に招かれるように、ふんわりしたモヘアのセーターが、両袖《りょうそで》を持ち上げて立ち上がったのである。

そしてその柔らかそうな両袖は、驚く高橋の胸に巻き付く。まさに、女が正面から抱きついた状態だ。

「ギャッ！」

高橋は悲鳴を上げて立ち上がろうとしたが、司野が手を伸ばし、人差し指で彼の額にちょんと触れただけで、彼は椅子に糊付《のりづ》けされたように動けなくなる。

「大人しく座っていろと言ったはずだ」

「じょ、冗談きついっすよ。こんなビビらせ方、サービス過剰だって」

高橋はそれでもおどけながら、セーターをむしり取ろうとする。だがそのとき、店の中に女の声が響き渡った。

『店辞めて、お前と暮らすよって、そう言ったじゃない』

「ギャッ」

高橋は派手な悲鳴を上げた。正路も息を呑《の》んだ。その声は、確かにセーターから聞こえてくる。

「そ、そりゃお前さぁ」

『でもその前にナンバーワンになりたい、いっぺんでもなれたら、お前と結婚して店辞める。だから……頼むよって……言ったじゃない……！　銀行に勤めてるんなら、金、どうにかなんだろ、バレる前に返すからって、言ったじゃない！』

「いや……え、なに、これ、なに!?　つか、何とかして……っ！」

　セーターにギリギリと抱き締められ、というより上半身を締めつけられて、高橋は上擦った声で司野に助けを求める。

　司野は、冷ややかに応じた。

「そのセーターには、編んだ女の強すぎる情念がこもっている。もはや、心の一部が宿った、いわゆる生き霊の類《たぐい》だな。それだけお前への執着が強ければ、世界の果てに捨てても戻ってくるだろうよ。さぞ、酷《ひど》い捨て方をしたんだろう」

　司野の言葉に応じるように、セーターからは金切り声に近い、切迫した女の声が聞こえる。

『セーターもお前も大事にするって言ったのに……！　俺が好きすぎて犯罪者になった女がいるって……自慢話のネタにしながら、他の女と』

「悪かった、悪かったって！　ギブギブ！　ちょ、生き霊っての、マジすか!?　どうにかしてくださいよ、早く」

　高橋は悲鳴を上げて司野に助けを求めたが、司野はそれを完全に無視して、正路のほうを振り返った。

「おそらく、本人はセーターに魂の暗い部分を置いてきたことを忘れているだろう。本人には幸いだ」

「……じゃあ、セーターに宿ってるのは、それを編んだ人の恨みや憎しみや……悲しみが詰まった心の一部ってこと？　本人の心から切り離されて、セーターの魂になった？」

「物わかりがいいな」

正路の推理に、司野は満足げに頷いた。

「付喪神とはまた違う妖《あやか》しだが、この男に手酷く捨てられた女が、自分の魂を守るために、男への追慕や執着を切り捨てて、このセーターに宿したんだ。このセーターは、それ自体、この男と共にあることを切望している。殺したいほどこの男を憎み、同時に執着している。まさに妄執だな。このまま放っておけば、男の肺を潰《つぶ》すまで抱き締め続けるだろうよ」

「……んな、感心を……してる場合じゃッ」

めき、ぱき、とやけに鈍くて不快な音が、高橋の背中から二度立て続けに聞こえた。

途端に、高橋は派手な悲鳴を上げて身を捩《よじ》る。

椅子から立ち上がれない彼には、常軌を逸した力で抱き締め続けてくるセーターから逃れることがどうしてもできない。まさに、生き地獄の様相である。

「両腕の骨が折れたか。さぞ痛むだろうな。だが、このセーターを編んだ女が被った痛みに比べれば、刹那《せつな》の苦痛に過ぎんぞ。……それを理解したか？」

ヒイッと情けない声を上げ、高橋はこくこくと頷《うなず》いた。

「このセーターを編んだ女に、心から謝罪の念を抱くか？　女の犯した罪を我が罪として、この先の人生を歩むか？　そう真摯《しんし》に誓うか？」

ぱき、ぺき、ぺき……。

もはやろくに喋れない男の返事の代わりに、肋骨《ろっこつ》が折れる音が軽やかに響く。

「ち、か、ま……ぁ、す！」

必死で首を縦に振る男に、司野は冷ややかに告げた。

「その約束、忘れるなよ。……聞いたか、哀れな女の魂、その欠片《かけら》よ」

愛《いと》おしい男を身の内に取り込もうとするかのように抱きつき続けるセーターを、司野は机越しに手を伸ばし、片手でサラリと撫《な》でた。

「元の魂の元へ還《かえ》り、告げるがよい。お前の恨みは、この男の体内深く突き刺さり、根を下ろした。男が約定を違《たが》えれば、この男の身は直ちに八つに裂けるだろう」

「ヒッ!?」

助けてくれるとばかり思った司野の口から発せられたあまりに物騒な言葉に、高橋は血走った目を剝《む》く。

それに構わず、司野は優しくさえある手つきで、セーターの目の揃わない不格好な袖《そで》を撫で、諭すように声を掛けた。

「お前の役目は終わった。この男には、魂の欠片を預ける価値はない。……元の魂と再び一つになり、これからの生を共に生きよ。……さあ、旅立て！」

司野が凛《りん》とした声を上げた途端に、セーターがグニャンと力を失い、床に落ちた。

もはやただの「服」と化したそれを、司野は指さす。

「拾え。そして、共に去れ。そのセーターが、お前の誓いの証拠だ。今、誓ったことを違えれば、お前の生は終わる」

言葉を投げつけた先は、呆然《ぼうぜん》としている高橋である。

「え……けど……俺……」

「もう動けるはずだ」

「……えっ？」

高橋は信じられない様子で、そろそろと両手を動かす。折れたはずの両腕は、不思議なことに自在に動いた。

これには、正路も驚かされる。

「司野、あれはいったい」

「セーターに宿った女の生き霊に、俺の力で幻覚を見せた。生き霊は、この男を存分に痛めつけたと満足して去った。もう戻るまい」

「うわ、ホントだ。動ける」

高橋は呆然として、床に力なく落ちたセーターを、二本の指でつまみ上げた。まるで汚物を触るような手つきに、司野は顔を歪《ゆが》める。

「だが、今言った呪いは本物だ。生き霊を去らせるためには、何らかの約定が必要なんだ」

「……いや、けど、身体が八つに裂けるとかそんな」

「忘れるな。忘れれば、お前は確実に死ぬ。街中で、突然身体が捩れ、無惨に裂けるさまは、さぞ派手なものだろうな。一世一代の見世物になるぞ」

安心したのも束の間、恐ろしい宣告をされ、高橋の顔はブリーチした髪よりも白くなる。

「か、金払ったのに、何でそんな目に」

「六十万程度の仕事をすると言ったろう。今すぐ死なずに済んだだけでもよかったと思え。そのセーターを見るたび、己の罪を思い出し、約定を違えずに生きろ。それさえ実行できれば、お前は天寿をまっとうできる。簡単な話だ」

冷ややかな司野の言葉に、高橋はセーターを膝《ひざ》に置き、魂が抜けたような顔でしばらく座り続けていた……。

フラフラと幽霊のような足取りの高橋を店の外まで見送った正路は、心配そうな顔で、茶の間に戻った司野に声を掛けた。

「あの人、ちゃんと帰れるかな。この先の人生、ちゃんと誓いを守れるかな」

すると司野は、ちゃぶ台の前にどっかと座り、肩を小さく竦《すく》めた。

「それは俺の知ったことではない。約定を守れなければ、死ぬだけのことだ」

「それは……そうかもだけど。なんか心配だなあ」

正路も茶の間に戻り、「お茶でも煎《い》れようか」と台所へ向かう。

「司野、付喪神だけじゃなくて、あんな憑《つ》きもの落としみたいな仕事もするんだね」

鉄瓶に水を入れながらそう言うと、司野はボソリと答えた。

「上客の紹介だったからな。やむなく受けた。普段はやらん」

「そうなんだ。何にせよ、お疲れ様」

正路としては、罪を犯した人間は、法で裁かれるべきだと考えている。しかし、さっきここにいた高橋のように、他人に罪を犯させてまで金銭を貢がせ、涼しい顔をして生きている人間がいるのも確かだ。

さっきの司野は、そういう悪人を懲らしめ、これからの人生、罪を背負って生きるように仕向けた。

（それはいいことのようだけど、でも……誓いを破ったら身体が裂けて死ぬっていうのは、ちょっとやりすぎかな。いや待って。僕もそうだよね）

自分が司野と交わした「契約」のことを思い出すと、それがいかに重い誓いであるかを思い出し、正路は今さらながらにゾッとする。

そんな彼に、司野はもはや高橋のことなど忘れたような顔つきで問いかけてきた。

「で、手続きは済んだのか？」

「あっ、そう！　そうでした！」

正路は鉄瓶を火にかけ、慌てて茶の間に引き返した。

司野の前に正座して、両手を畳について深く頭を下げる。

「予備校の入学手続き、済ませてきた。その……僕を通わせてくれて、本当にありがとう。いつか必ず、返済するから」

実は、正路が出掛けていたのは、最寄り駅のすぐ近くにある、有名な予備校だった。

正路が大学受験に独学で二年失敗していることを聞いた司野が、「まずはきちんと教えを受けろ」と、予備校入学を強く勧め、入学に必要な金額をポンと出してくれたのである。

「返済など必要ない。同じことを何度も言わせるな」

　司野は、正路の懇ろな感謝に、むしろ不愉快そうに顔をしかめた。正路は顔を上げ、まだ両手は畳から話さずに言い返す。

「でも、こんなによくしてもらってるのに、予備校にかかるお金まで出してもらうわけには」

「下僕の衣食住を保障すると言ったはずだ」

「予備校は衣食住には入らな……」

「知識は、それを持つ者の魂を彩る衣のようなものだ、と辰冬は言っていた。ならば、衣食住に含まれると解釈してもよかろう」

　正路はビックリして背筋を伸ばす。

「司野の、亡くなったご主人様が、そんなことを？」

　司野は、小さく頷いた。

『幅広く様々な知識を得た者は、魂に色鮮やかな衣を纏《まと》うだろう。一つの道に打ち込んだ者の魂は、深い色味の衣を纏うだろう。無知なものは、それを恥じることもなく素っ裸で胸を張るだろう。さて、司野、お前の魂は、この先、どのような衣を纏うのであろうな』

おそらくは亡き主《あるじ》、辰巳辰冬の口調を真似して、司野は厳かにそう言った。

「俺の魂がどのような衣を纏ったか……辰冬に見せてやりたいものだ。おそらくは、千年の孤独が染め上げた、闇色の衣であろうよ」

(ああ、まただ)

正路は、司野が昔のことを思い出すとき、少し古風な言い回しをすることに気付いていた。おそらく今の彼の胸の内には、亡き主との思い出が去来しているのだろう。

(この前司野は、辰冬さんに酷《ひど》い目に遭わされた話をしたけど……それでもやっぱり、辰冬さんのこと、好きなんじゃないかな)

そんな勝手な推測を口にするわけにはいかないが、正路の目には、辰冬の話をするとき、司野の鋭い目がほんのわずかだが、いつも和んでいるように見える。

(司野のことも、辰冬さんのことも、これから少しずつ知っていきたいな)

そんなことを考える正路に、司野は言った。

「学ぶことを怠る下僕は、主の恥だ。せいぜい学べ」

そんな言葉で話を切り上げた司野は、ふと正路の顔を見て、声を尖《とが》らせた。

「おい、衣食住といえば、言い忘れていたが、その見苦しい髪は何だ」

「えっ？　あ、あー」

自分の黒髪に手を当てて、正路は気まずそうな顔をした。

実家を出て一年あまり、都会の美容院のお洒落《しゃれ》な雰囲気に気後れし、しかも金額の高さにも躊躇《ためら》い、結局、アパートの洗面台についている小さな鏡を頼りに、ずっと自分でちょきちょきと切り続けていたのである。

それまで自分で散髪などしたことがなかったので、前や横はともかく、後のカットは酷いことになっているだろう。見て見ぬふりをしてきたが、ついに司野に指摘されてしまった。

「俺の行きつけに、あとで電話して予約を入れておく。明日《あした》にでも何とかしてこい」

当たり前のように言った司野に、正路は目を見張る。

「司野、美容院行くんだ!?」

「辰冬のやつめ、無駄に凝った人形《ひとがた》を作ったせいで、髪が伸びるんだ」

いかにも鬱陶《うっとう》しそうにそう言って、軽いウエーブのかかった栗色の髪を弄《いじ》る司野に、口をOの形に開いたままだった正路は、フフッと笑い出した。

「何が可笑《おか》しい？」

「う、ううん。毎日、司野について知らないことを知れて、嬉《うれ》しいなって。美容院で美容師さんから、司野の話、聞いてくるね」

「余計なことをしなくていい」

「余計なことじゃないよ。ご主人様について知るのは、下僕の務めでしょ」

そう言って、正路は立ち上がった。

そして、司野が新たな小言を口にする前に、シュンシュンと白い湯気を噴き始めた鉄瓶を火から下ろすべく、台所へ飛んで逃げたのだった。

エピローグ

深夜、自室のベッドで眠っていた正路は、ガタガタという物音でハッと目を覚ました。

「な……何？」

深い眠りからの突然の覚醒《かくせい》が、軽い記憶の混乱をもたらしたのだろう。

咄嗟《とっさ》に跳ね起き、灯《あか》りを点《つ》けようと右手を真上に伸ばした彼は、ハッと我に返り、その手で自分の頭をポンと叩《たた》いた。

「バカだな。もうここに引っ越して、二週間経つのに」

司野の家に越してくる前、正路が暮らしていたのは、もはや文化財の趣すら漂う、昭和のいわゆるアパートだった。

家賃がすこぶる安い代わりに、六畳一間で風呂《ふろ》はなく、トイレ・洗面所と台所は共用で、壁は紙のように薄かった。隣室の住人が咳《せき》をすると、隣にいるように感じられるほどだったので、正路はいつも、抜き足差し足で室内を移動していたものだ。

その部屋の天井にあるこれまた古ぼけた照明からは、前の住人が結びつけたのであろう長い紐《ひも》が垂れ下がっていた。

畳の上に布団を敷いて寝ていても、ちょっと身を起こしてその紐を引くだけで、容易に点灯消灯ができた。

何もかもが古くて不自由だったあのアパートの部屋で、それだけはとても便利だったのだ。

おそらくは菓子包みにでも使われていたのであろう、今はあまり見なくなった樹脂製の薄くて固い紐。右手を軽く握ったり開いたりしてみると、あの、ちょっとした空気の動きに頼りなく揺れていた紐や、取っ手代わりの結び目の感触を思い出して、正路の胸がチリッと疼《うず》く。

(司野に指を長くされちゃっても、感触の記憶はちゃんと残ってるんだな。よかった。それにしても、早く引っ越したいっていつも思ってたのに、何だろう。ちょっとだけ懐かしい気がする)

そんな自分の心模様を不思議に思いつつ、正路はじっと耳を澄ませた。

ガタッ……。ガシャン。

決して大きくはないのだが、確実に何かをしている……たとえば建付けの悪い引き出しを開閉しているような物音は、階下から断続的に聞こえてくる。

（まさか、泥棒？）

一瞬、そんな疑惑が頭を掠《かす》めたが、もしそうだとしたら、正路よりずっと感覚が鋭敏な司野が気付かないはずがない。

（ってことは、この音は、司野が立ててるのか。店で、何か作業してるのかな。仕事だったら、僕がいないほうが集中できるよね）

そう考えて、正路は再びベッドに横たわった。

目を閉じて眠ろうとしたが、やはり階下で何が起こっているのかが気になって、なかなか寝付けない。

「ああ、もう」

たまりかねて、正路はとうとうベッドから出た。

ベッドの上に広げてあったカーディガンを羽織り、ひんやりスベスベした畳を裸足《はだし》で踏みつつ部屋を出る。

司野の耳にかかれば、正路がいくら足音を忍ばせても意味はない。そして、正路がいくら静かに歩こうとしても、古くて急な階段は、ギシミシと賑《にぎ》やかな音を立ててしまう。

そんなわけで、正路が茶の間に踏み入るなり、彼に背を向け、ちゃぶ台で何かをしている司野は、振り返りもせず無愛想に一声放った。

「寝ろ」

出会ったばかりの頃なら、その声の冷ややかさに怯《おび》え、即座に退散したことだろう。

しかし、司野が特に怒っているわけではないと、正路はこの二週間で既に学習した。

(ぶっきらぼうが司野のデフォルトだもんね)

むしろ、無視されなかったことを嬉しくさえ思いつつ、正路は正直な言葉を返した。

「寝てたけど、司野が立てる物音で目が覚めちゃったんだよ」

そんな、相手によっては無作法な非難と取られかねない台詞《せりふ》を、これまでの人生で、正路は口にしたことがなかった。いつも相手に気を遣い、言いたいことが少しも言えない人生だったのに、今は、むしろ率直に気持ちを表現しないと、「ご主人様」のお叱りを受けてしまう。

最初は司野の機嫌を損ねるのではないか、あまりにも失礼ではないかとドギマギしながらの発言だったが、実際、正直になることは、正路が思った以上に爽快《そうかい》だった。

少しずつ心の内を言葉で表現できるようになってきた自分が、今は嬉しく、少しだけたくましくなったような気さえする。

「真下とはいえ、結構な音だったよ？」

予想したとおり、司野からの返事はなかったが、正路は構わずこう続けた。

「仕事？　もし、気が散るなら部屋に戻るけど、しばらく見てていいなら、ここにいたい。よかったら、お茶でも煎《い》れようか？」

司野は無言で小さく肩をそびやかし、また作業に戻った。

正路の頬に、小さなえくぼがくっきり刻まれる。

自分の気持ちを偽らない司野の場合、「出ていけ」と言われなければ、おそらく「いても構わない」という意味だし、「茶など要らん」とハッキリ拒絶されなければ、ちょっと飲みたい気分なのに違いないのだ。

正路は茶の間の小さなキッチンでお湯を沸かし、ほうじ茶を煎れた。それから、二つの湯呑《ゆの》みを小さな盆に載せ、ちゃぶ台に運んだ。

「はい、どうぞ。作業の邪魔にならないように、ちょっと離れたところに置くね」

そう声を掛けて湯呑みを置き、正路は司野から少し離れた場所に座布団を置き、腰を下ろした。

見れば、司野はバラバラに砕けた器を組み立てているようだ。

正路は、興味津々でその手元を見た。

「それ、買い付けてきた器？」

「いや。まとめて引き取った古道具の中に紛れていた」

「こんな可哀想な状態で？」

首を傾げる正路に、司野は煩わしそうに顎《あご》をしゃくってみせた。

「そこに置いてある茶簞笥《ちゃだんす》の引き出しに入っていたんだ」

「ああ、なるほど。割れちゃった奴をとりあえず入れて、そのまま忘れたのかな」

「経緯は俺の知ったことではない」

気のない返事をしながらも、司野の手は破片を一枚ずつ慎重に合わせ、半透明の細いメンディングテープで繋《つな》いでいく。恐ろしく繊細な作業だ。

「本当にバラバラだね。破片、ざっと見たところ二十個くらいある？」

沈黙を肯定の返事に代える司野に構わず、正路はワクワクした顔をした。

「全部くっつけたら、何ができるんだろう。底は、それで完成だよね。じゃあ、サイズ的には、湯呑み？　お茶碗《ちゃわん》かな」

すると司野は、正路の前にかけらを二枚、ずいと押しやった。

「合わせて留めろ」

「えっ、僕がやっていいの？」

「それなら頑是無い子供でもできる」

「本当に？　素手で大丈夫？」

「構わん。ご大層な骨董《こっとう》品ではないのだからな」

「そっか。じゃあ」

正路はおっかなびっくりで破片を両手に一つずつ持ち、そっと断面を合わせてみた。

「あ、ピッタリ」

気持ちがいいほど、二つの破片は隙間なく合わさり、釉薬《ゆうやく》のかかった器の口とおぼしき部分は、クチバシのようなちょっと尖《とが》ったラインを描く。

「あれっ？」

それに気付いて、正路は首を捻《ひね》った。

「てっきりまあるいカーブができるのかと思ったのに、ちょっと尖った感じだね。ホントにこれで合ってる？」

すると司野は、「片口だ」とボソリと言った。

「片口？　あ、待って。調べてみる」

一から百まで、ご主人様である司野に教わるのでは申し訳ない。そう思った正路は、かけらをそっとちゃぶ台に置き、スマートホンで「片口」を検索してみた。

「ああ、片口って、縁に一部、尖った部分があって、液体を注ぎやすい器のことなんだね」

司野は瞬《まばた》きを肯定の返事に代える。

「ちょうど僕が今合わせた欠片《かけら》の部分が、その注ぎ口になってるんだ。うーん、子供でもできるって司野は言ってたけど、難しいよ、これ。すぐずれちゃう」

再度、欠片の断面を合わせ、メンディングテープを短く切って慎重に留めながら、正路は早くも泣き言を口にした。

「ならばお前は、子供以下の不調法者というだけのことだ」

「ううう。返す言葉もないです」

それでもどうにか二つの欠片を一つのパーツに貼り合わせて司野の前に置き、正路は、迷いのない動きで小さな破片をどんどん繋ぎ合わせていく司野の手元をほれぼれと見守った。

「だいぶできてきたね。でもさ、司野。こうして欠片をくっつけて元の形を再現して、それでどうするの？　テープベタベタのままじゃ、使うのも飾るのもちょっと……だよね」

それを聞いた司野は、いったん修復途中の片口を置き、湯呑みに手を伸ばした。熱いほうじ茶を吹き冷ましもせずグビリと一口飲み、それから簡潔に答える。

「継ぐ」

「えっ？」

「漆で継いで、金粉を蒔《ま》く」

「あ、それって、金継ぎのこと？　話だけは聞いたことがある。そっか、割れた器を修繕する方法だよね。こんなに盛大に割れちゃった器でも、やれるんだね」

「手間は掛かるがな。こうも大っぴらに砕けていては、工程が多い。破片ひとつひとつに番号を打ち、それぞれの縁を軽く削って整え、麦漆で接着し、刻苧《こくそ》漆で隙間を埋める。しかも、それぞれの段階で数週間乾かさねばならん」

「そこまでで既に滅茶苦茶《めちゃくちゃ》大変そうだけど、司野、できるんだ？」

興味津々で身を乗り出す正路の額を指先でグイと押しやり、司野は再び修復作業に取りかかった。

「当然だ。この店の、前の主《あるじ》に手ほどきを受けた。暇潰《ひまつぶ》しにいいと思って学んだが、それなりに役に立つ」

「ああ、そうか、前の店主さん……大造さんだったよね。骨董商は、そういうこともできるんだね」

「人によるだろう。大造さんは、欠けた器を引き取り金継ぎして、安く売っていた」

「へえ。リサイクルだね」

「欠けて骨董品としては値がつかなくなったとしても、器の良さが減じるわけではない。上手《うま》く継げば、趣はむしろ増す。そうした器を手に入れ、日常的に使うことで、良き品を見分ける目を養い、美しいものを使う楽しみを知ってほしい。そう言っていたな」

　司野の口ぶりは相変わらず冷ややかで淡々としている。

　それでも、彼自身は決して認めまいが、言葉の端々に先代店主への親しみの情が滲《にじ》んでいるように感じられて、正路は我知らず微笑んだ。

「何を笑うことがある」

それを敏感に察知して、司野は形のいい眉《まゆ》を軽くひそめる。正路は柔らかな笑顔のままで言葉を返した。

「僕は会ったことがないけれど、大造さんも奥さんのヨリ子さんも、素敵な人だったんだろうなって思ってた」

「素敵という感覚はわからんが、お人好《よ》しの夫婦だったな。俺が妖魔《ようま》だとも知らず、早世した一人息子が帰ってきたようだと喜んでいた。もし、俺の素性を知ったら」

司野は皮肉な笑みを薄い唇によぎらせたが、正路はきっぱりと彼が言おうとしていたことを否定した。

「知っても、変わらなかったんじゃない？　そんな気がするよ」

いつになく強い口調で言い返されて、司野は不愉快そうな切り口上で言い返す。

「人間が、妖魔を、我が子として慈しむとでも？」

声には、もう一押しで彼が怒り出すことが確実な険悪さがあったが、正路は怯《ひる》まなかった。これは、きちんと司野に伝えておいたほうがいいことだと感じたからだ。

「してもいいじゃないか。犬だって猫だって鳥だって、一緒に暮らせば『うちの子』になるもん。妖魔だって、ひとつ屋根の下で毎日一緒にごはんを食べて、お喋《しゃべ》りして、色んな思い出を共有したら、きっと『うちの子』って呼びたくなると思う」

　正路の発言に、司野は初めて興味を惹《ひ》かれた様子で軽く身を乗り出した。

「畜生を我が子と思うのか、人は」

「畜生って……そこは動物って言おうよ。っていうか、動物じゃなくても『うちの子』はあり得る、かな」

「何だと？」

「たとえば僕の友達は、お小遣いを貯めて買った大事なバイクを『うちの子』呼ばわりしてた。弓道部の子は、自分の弓をやっぱり『うちの子』って言ってたっけ」

　司野の眉間《みけん》には、浅い縦皺《たてじわ》が刻まれる。彼は両手に小さな破片を持ったまま、「わからんな」と呻《うめ》くように言った。

「確かに、物に心を寄せる人間は少なくない。愛着が強いが故に、その念は物を付喪神に変える。それは重々知っていたが、まさか『我が子』とまで思うとはな。ときに正路、お前にも『うちの子』はいるのか？」

　正路は少し考えてから、曖昧《あいまい》に首を振った。

「そうだな、『うちの子』じゃないけど、小さい頃、近所に住んでる親戚《しんせき》が飼ってた犬は、今でもお兄ちゃんだと思ってる。僕は一人っ子だったから、大きな犬がいつも僕を守るように傍にいてくれて、嬉《うれ》しかったんだ」

「義兄弟か」

「そうだね。犬が僕をどう思ってたかはわからないけど。ああ、そうか。犬……」

何か言いかけて、正路はハッと片手で口を押さえた。

あれから幾度か呼ばれて、司野の傍らに眠った夜は、親戚宅の縁側で、あの大きな犬と寄り添って昼寝をしたときの心地よさと安心感を思い出した。そう言いたかったのだが、おそらく司野は喜ぶまい。

「何だ？」

「ううん、何でもない。……じゃあ司野も、この器を金継ぎして、安く売るの？」

かなり強引に話題を戻した正路に、司野は少し訝《いぶか》しそうにしたものの、特に咎《とが》めもせず「いや」と否定の言葉を口にした。

「安くは売らん」

「えっ？」

「これは、持ち主が大いに気に入った器だったのだろう。付喪神になるほどではないにせよ、主の愛着がまだ器を通じて感じ取れる」

「残念ながら僕には感じられないけど、それでも司野の言うこと、正しいような気がする」

「ほう、何故だ？」

「お気に入りだったからこそ、こんなにバラバラに砕けちゃっても捨てられなくて、引き出しにしまっておいたんじゃないかな。僕ならきっとそうする」

「なるほど。人間の無意味な未練という奴か。俺には理解できんし、するつもりもないが」

「そりゃ、無意味だけどさあ。うう、まあそれはおいて、どうしてそれが、安く売らない理由になるの？」

　正路の素朴な問いかけに、司野は常識を語る口調で、それでも律儀に説明を試みた。

「人に愛された器物は、人と共にあることを望む。そして、愛着とは陽の念だ。新しい主が丁重に扱ってやれば、この器は喜んでさらなる陽の気を招き入れようとするだろう」

「つまり、新しい持ち主に幸運を呼ぶってこと？」

「お前も多少はわかってきたようだな」

　司野は口角を僅《わず》かに上げると、ようやく半分ほど組み上がった器を見下ろした。

「粗末にすれば思わぬ報いを受けるやもしれんが、大切にする限り、この片口はよき縁起物となる。相応の支払いは当然だろう」

「なるほど。先代とはまた違った考え方なんだね。でも、割れちゃった器に新しい命を吹き込めるところは一緒で、生き返った器に行き先を見つけてあげられるところも一緒だ」

「かもしれんな」

「うん、きっとそうだよ」

納得顔で頷《うなず》いた正路は、ほどよく冷めたほうじ茶を飲み干し、腰を浮かせた。

「さてと。あんまり邪魔しちゃ悪いから、もう寝るね」

好きにしろと言うことすらせず、司野は再び作業を始める。

返事がないことをもはや気にせず、今夜二度目の「おやすみ」を言った正路は、シンクでさっと湯呑《ゆの》みを洗い、茶の間を出た。

急な階段をゆっくり上がりながら、正路の顔には柔らかな笑みが浮かぶ。

（凄《すご》く丁寧に修繕してるねって言ったら、「そのほうが高く売れるからな」って言うんだろうし、それは本当かも。だけどあの丁寧な手つきは、やっぱり司野の優しさだよね）

長年、人の手に触れられ、自然と磨かれてツルツルになった手すりの木肌を撫《な》で、正路はなおも想いを巡らせる。

（司野は、妖魔には優しさや愛なんて感情はないって言ってた。だったら、司野に優しさを教えたのは、亡きご主人様や、先代店主ご夫婦なんだろうな。僕も、会ってみたかったな）

そんなことを考えていると、胸がほんわりと温かくなる。

ささやかに幸せな気持ちが、睡魔を誘ったらしい。自室のドアを開けるなり大きな欠伸《あくび》をして、正路は再びベッドに潜り込んだのだった。

「妖魔と下僕の契約条件」刊行によせて

本作は、二〇〇二年よりイースト・プレスのアズ・ノベルズより発行されていた「妖魔《ようま》なオレ様と下僕な僕」シリーズを、全面的にリライトしたものとなっております。シリーズを再スタートさせるにあたり、そもそも何故リライトが必要だったのかをきちんとお伝えしておいたほうがよいかと思い、敢《あ》えてページを使わせていただくことにしました。

実は、二〇一三年にシリーズ九作目を刊行した後にアズ・ノベルズが休刊となり、「妖魔なオレ様と下僕な僕」は事実上、続編発表の場を失うこととなりました。

その後、他社より続刊発行やシリーズ出し直しのご提案をいただいたのですが、出版不況の折、既刊の巻数が多いことが災いしたり、私が妥協を嫌ったりしたせいで企画が頓挫《とんざ》し、結局、令和に至るまでシリーズは宙ぶらりんになったままでした。

その間、読者さんから「続きが読みたい」というお声をたくさんいただいたものの、なかなかご要望に添うことができず、心苦しい日々が長く続きました。

そして今回、角川文庫編集部からお話を頂戴《ちょうだい》し、元の版元であるイースト・プレスにもご快諾いただいて、このようなリライト作品を執筆できることとなりました。

そう、リライトです。

角川文庫版を出すにあたり、担当編集氏と話し合って決めたことがあります。

ひとつは、今もイースト・プレスから出ている「妖魔なオレ様と下僕な僕」の電子書籍版はそのまま残すこと。

これはイースト・プレス側からいただいた強い要望でありましたが、同時に私のたっての望みでもありました。

オリジナルの司野と正路の日々を、たくさんの読者さんに長年愛していただいた二人の物語を、たとえ未完であっても、なかったことにはしたくないのです。

電子書籍でいつでもこちらの司野と正路に会えるようにはからってくださったイースト・プレスの関係諸氏には、たいへん感謝しております。

もうひとつ。「妖僕シリーズ」は、いわゆるボーイズラブ、男性どうしの恋愛が基本テーマであるBL専門レーベルから発行された作品です。

とはいえ私は作品を自分からカテゴライズしたことはありませんし、「妖僕シリーズ」も他の作品と同様、「日々の暮らしの中で、誰かが誰かを想う、互いに強い絆《きずな》を結ぶ」ことを大切に綴《つづ》った物語のひとつです。

リライトに取り組む上で、司野と正路の関係性を変えたいとは微塵《みじん》も思っていないのですが、実は当初、「妖僕」は一冊限りの物語の予定でした。ゆえに、二人の関係を、ある意味ダイジェスト的に早送りしてしまった感があります。

私は「なれそめ厨《ちゅう》」と自称してもいいほどに、誰かと誰かが出会い、互いを他に代え難いものと認識し、魂を寄り添わせていくその過程こそを何よりも愛する人間なので、シリーズが長くなるとわかったとき、そこだけは「勿体《もったい》ないことしたな」と思っておりました。

だからこそ、もう一度、最初に立ち返って物語を紡ぎ直せるならば、今度は、司野と正路には存分に時間をかけて、二人にしか作れない絆を伸びやかにはぐくんでいってほしい。

また、正路だけでなく、司野の心模様も描写したい。そのためには、今回は正路の一人称ではなく、三人称で物語を進めてみたい。

それが、リライトに際しての、私のもうひとつの切なる願いでした。

そんな私に、担当編集氏が賛同してくれたのが、何より嬉《うれ》しく、心強いことでした。

二人の根本的な関係はオリジナルに添い、一方で、今の私が望み、今の私だからこそ書ける司野と正路の日々を、これから丁寧に綴っていきたいと思っています。

もしかすると、この「妖魔と下僕の契約条件　1」は、長きに亘《わた》りシリーズを応援してくださった方々のお望みのものとは、少しだけテイストが違う作品かもしれません。それでも今一度、見守ってくださいと、渾身《こんしん》の我が儘《まま》を申します。

新たにこの作品と出会ってくださった方々は、この奇妙だけれど愛《いと》おしい二人の日々に、ゆるりとお付き合いください。

タイトルは変わっても、「妖僕」というシリーズ愛称はそのままに。どうぞよろしくご贔屓《ひいき》のほど、お願い申し上げます。

椹野《ふしの》道流《みちる》　九拝

イースト・プレス版「妖魔なオレ様と下僕な僕」シリーズ電子書籍
http://www.aznovels.com/syousai.php?serial=66

本書は、二〇〇二年十月にイースト・プレス アズ・ノベルズより刊行された『妖魔なオレ様と下僕な僕』を全面改稿し、改題して文庫化したものです。

妖魔《ようま》と下僕《げぼく》の契約条件《けいやくじょうけん》 1

榧野道流《ふしのみちる》

令和３年 4月25日　初版発行
令和３年 12月25日　５版発行

発行者●青柳昌行

発行●株式会社KADOKAWA
〒102-8177　東京都千代田区富士見2-13-3
電話　0570-002-301（ナビダイヤル）

角川文庫 22639

印刷所●株式会社KADOKAWA
製本所●株式会社KADOKAWA

表紙画●和田三造

●お問い合わせ
https://www.kadokawa.co.jp/（「お問い合わせ」へお進みください）
※内容によっては、お答えできない場合があります。
※サポートは日本国内のみとさせていただきます。
※Japanese text only

ISBN 978-4-04-111055-3　C0193

◆◆◆

角川文庫発刊に際して

角川源義

第二次世界大戦の敗北は、軍事力の敗北であった以上に、私たちの若い文化力の敗退であった。私たちの文化が戦争に対して如何に無力であり、単なるあだ花に過ぎなかったかを、私たちは身を以て体験し痛感した。西洋近代文化の摂取にとって、明治以後八十年の歳月は決して短かすぎたとは言えない。にもかかわらず、近代文化の伝統を確立し、自由な批判と柔軟な良識に富む文化層として自らを形成することに私たちは失敗して来た。そしてこれは、各層への文化の普及滲透を任務とする出版人の責任でもあった。

一九四五年以来、私たちは再び振出しに戻り、第一歩から踏み出すことを余儀なくされた。これは大きな不幸ではあるが、反面、これまでの混沌・未熟・歪曲の中にあった我が国の文化に秩序と確たる基礎を齎らすためには絶好の機会でもある。角川書店は、このような祖国の文化的危機にあたり、微力をも顧みず再建の礎石たるべき抱負と決意とをもって出発したが、ここに創立以来の念願を果すべく角川文庫を発刊する。これまで刊行されたあらゆる全集叢書文庫類の長所と短所とを検討し、古今東西の不朽の典籍を、良心的編集のもとに、廉価に、そして書架にふさわしい美本として、多くのひとびとに提供しようとする。しかし私たちは徒らに百科全書的な知識のジレッタントを作ることを目的とせず、あくまで祖国の文化に秩序と再建への道を示し、この文庫を角川書店の栄ある事業として、今後永久に継続発展せしめ、学芸と教養との殿堂として大成せんことを期したい。多くの読書子の愛情ある忠言と支持とによって、この希望と抱負とを完遂せしめられんことを願う。

一九四九年五月三日

ローウェル骨董店の事件簿

椹野道流

ISBN 978-4-04-103362-3